講談社文庫

エンドロール

潮谷 験

講談社

目次

登場人物紹介

雨宮《あめみや》 葉《よう》　駆け出しのミステリー小説作家
遠成《とおなり》 響《ひびき》　動画投稿者
箱川《はこがわ》 嵐《あらし》　サッカー部主将
久慈《くじ》沢達也《さわたつや》　ネットテレビ「ネットカシオ」ディレクター
長谷部《はせべ》組人《くみひと》　生命自律主義者
尾戸《おど》陽一《よういち》　同
新川《しんかわ》ひなた　同
舞子《まいこ》ノ《の》宮静流《みやしずる》　警視庁刑事部管理官
水渡千《みわたりち》茉莉《まり》　自殺したアイドル
雨宮桜倉《あめみやさくら》　夭折《ようせつ》した人気作家・葉の姉
陰橋《かげはし》 冬《とう》　思想家・生命自律思想の提唱者

エンドロール

序章

人間は、死にたいと思ったらいつ死んでもかまわない。

これは真理である。家族や友人を悲しませるとか、命をつなぐ意義とか、すべて、社会が押しつける物語にすぎない。おとぎ話や伝説の主人公のように、品行方正を貫《つらぬ》き生きる必要など、どこにも存在しないのだ。むしろそれらの物語は、人間に倫理観や社会への従属を強制する呪《のろ》いの一種なのだ。

あらゆる物語は、人の思考を縛るものだ。物語に感化され、支配され、人間は「まともなくらし」を生きている。しかしこの「まとも」に根拠はない。根拠のない枠組みに自分を当てはめて生きるなど、愚かにもほどがある。

私は諸君に白紙の書物を配る。

この書物に何を記すも、諸君の自由だ。でたらめを書いてもいい。憎しみを連ねても問題ない。

社会が押しつけるくだらない物語に辟易《へきえき》したら、なにもかも面倒になったら、この書物にエンドマークを記したまえ。そして毒杯を呷《あお》り、くだらない世界に別れを告げるのだ。そのとき、この書物は君たちだけの物語を記録するものとなる。

（陰橋冬《かげはしとう》『物語論と生命自律』より抜粋）

◆

疫病《えきびょう》の季節は人々を引き裂いた。

二〇一九年の暮れから数年間、世界を席巻《せっけん》した変異ウイルスの話だ。全世界で数百万人が命を落とし、おそらく数十億人が生活様式の変更を強《し》いられた。山奥に住む世捨て人でもない限り、この疫禍から何かを奪われなかった人間は存在しないだろう。

後世の人間がグラフやデータを漫然と眺《なが》めた場合、死亡者や重症者の割合から、これは主に高齢層に猛威を振るった病だったと結論付けるかもしれない。

だが年若い人間にも傷が残らなかったわけではない。とくに学生たちは、数年にわたって学習や部活動に打ち込む機会を奪われ、空虚な時間を過ごさざるを得なかった。流行が一段落した際も、生活のリズムを崩したまま切り替えがうまくいかず、不登校になった生徒も少なくなかった。あるいは、疫病の来襲があと十年遅かったならば、通信技術や教育制度がうまくサポートしてくれたかもしれないが、政治も教育機構も、まだまだ未熟だった。

そんな若者たちに注がれる視線は温かいものではなかった。若年層は感染しても悪化する確率が低く、無症状のまま町中や職場、学校に出かけたことから、パンデミックを加速させる文字通りの疫病神だと世間に見なされてしまったからだ。新聞や週刊誌、ワイドショーといった旧来のメディアは高齢層がお得意さまだったから、視聴率を稼ぐために、あさましくバッシングを繰り返した。

(若年層が考えなしに出歩いているせいで、感染状況は悪化の一途をたどっているようです)

(若者は高齢者の死をなんとも思っていない様子)

(本日も、繁華街では良心を持ち合わせない若者たちが好き放題に飲み歩いています――)

歩いているだけで、楽しそうにしているだけで若年層は非難の対象になった。

(学校？　今は我慢しなさい)

（部活動？　今はそんな場合じゃないだろう）

（部屋に引きこもれ。何もするな。社会のためにおとなしくしていろ！）

（ワクチンを接種したい？　重症化のおそれが大きい高齢者優先だよ。遠慮《えんりょ》しなさい）

　数年の間、若者たちは期待されず、活動的になることを歓迎されず、子供らしく、少年らしくふるまえないことに対する埋め合わせも満足に与えてもらえなかった。意志を、意欲を減衰させた果てに、疫禍は晴れた。すると今度は、掌《てのひら》を返したように活発さを要求される。

（疲弊した経済を回すためには、若者にこそ消費を拡大してもらわないと）

（思ったより消費が伸びないなあ、若い人たちにはもっと財布の紐《ひも》をゆるめてもらわないとね）

（緊急事態宣言中、登校できなかった学生が引きこもりになっている？　軟弱だなあ。若くて体力も有り余っているんだから、さっさと立ち直ってくれよ！）

　社会の身勝手に揺さぶられ、疲れ果てていた青少年たちは、何事もなかったかのように再起動を始めた世の中に対して、疑心と、怒りと、絶望を抱きはじめた。

（経済を回せ、だって？　営業規制のせいで、遊び場も、バイト先もボロボロだ。どこで稼いで、どこで落とせって言うんだよ）

（実家は火の車だ。大学をやめるしかないかも）

（私は奨学金を返すめどもつかない）

（僕の弟は、登校拒否から立ち直れないまま、部屋からも出てこない……）

（立ち直れだって？　元の毎日に戻れだって？）

（それが社会のため？　世の中のため？　みんなのため？）

（うるさい、僕は、私は、俺は、しゃかいいやよのなかなんて知らない！）

　これが三十年前なら、彼らは革命を志したかもしれない。これが外国なら、彼らは武器を調達して国会を襲ったかもしれない。しかし革命なんて自分たちに勝手を押しつけている年寄りが昔憧《あこが》れていたおもちゃにすぎないと承知していた我が国の青少年は、もっと単純な反逆を選んだ。自分の命ごと、社会を見捨てたのだ。納税者の数を減らしてやろう。働き手を減らしてやろう。出生率だって傾けてやる。俺たちが死に憧れを抱くようになったら、子供を育てる意義すら失われるはずだ。私たちに、僕たちに未来を与えないなら、社会にだって与えてやるものか。自殺という方法で、若者たちは社会に抗《あらが》う道を選んだ。

その数は、COVID‐19がもたらした死者に比べれば、砂つぶ程度のささやかなものだったが、緩《ゆる》やかながら、確実に増加の一途をたどっていた。

◆

自殺が許せなかった。

当たり前と言えば、当たり前の感覚だろう。日本国内だけでも、年間二万人前後が自ら命を絶っている。相当にねじれた心の持ち主か、他人にかまう余裕がないくらい追い詰められている人間でなかったら、その数字を不快に思わないはずはない。

自分の場合、身近に若くして命を落とした人間がいたことが、嫌悪感に拍車をかけていた。その人は自殺ではなく、病のために多くの人間に惜しまれながら世を去った。自分もまた、彼女の死を嘆いた人間の一人だった。だからこそ、軽々しく自殺を選ぶような人間が許せなかったのだ。

彼女の死から数年が経過したとき、自殺は人間に許された正当な行為である、と主張する声が大きくなった。しかもその思想には彼女が関《かか》わっていると見なされているのだ。憤りを覚えたのは当然だった。せいいっぱい反論を唱え、彼女にかけられた濡《ぬ》れ衣《ぎぬ》を払い、愚行を止めさせようと苦心した。

それはとてつもなく難しい試みだった。見ず知らずの人間に対して投げかける「死ぬな」「生きろ」という言葉がどれほど脆《もろ》く、頼りないものかを思い知らされたのだ。結果的に、彼ら全員を救うことはかなわなかった。

それでも、手に入ったものがある。死の形は一つだけではなく、自殺を望む人間も様々な思惑を抱《かか》え、時には人を偽りながら死んでいくものだと、心の底から理解できた。生と死は、善悪の二元論では整理できない複雑さに彩《いろど》られている、と学ぶことになった。

自殺が嫌いだ。それは、今でも変わらない。けれども物事を単純に言い切るだけではなく、そこに至る過程で零《こぼ》れ落《お》ちる様々な感情を拾い上げたいと願うようにもなった。これは、そのために残した記録であり、物語なのだ。

第一章　スナック感覚の死

「じゃあ、いっくねー、放送十秒前」

鈴のような声が、少年に予告した。

春休みに入ったばかりの三月二十六日。少年は都内某所のスタジオに招かれている。トップクラスの人気を誇るユーチューバー、遠成響《とおなりひびき》が拠点に使用しているコンパクトなスタジオだ。

少年と響はV字形に配置されたイスに腰かけ、三脚に設置されたカメラの前にいる。スタジオ内は、少年と響の二人きりだった。かなりの大物でも、個人で配信を手がける動画投稿者はおおむね一人で放送をこなすらしい。

カメラの奥にデスクトップのパソコンがあり、これを使って視聴者の反応を観《み》るようだ。生放送が開始されると、画面上はコメントで埋め尽くされるのだろう。

両手を広げ、指を一本ずつ折ってカウントダウンを始める響は、ボディスーツに翼を組み合わせたデザインのワンピースを重ねている。尖端《せんたん》だけエメラルドグリーンに染めた、針金のように自己主張の激しいショートカット。勝ち気そうな光を放つ瞳《ひとみ》の上には、オレンジのサンバイザー。総じて、ITイベントのアシスタントか、ボーカロイドみたいな格好だ。

「うえい、二十時です。始まりました。遠成響の『やわらかのうみそチャンネル』、本日はブックの木曜日！　書籍紹介の曜日でーす」

ディスプレイに視聴者のコメントが流され始めた。にわか雨のような慌ただしさだ。

〈はじまた〉〈間に合った〉〈こんばんは〉等《など》といったありきたりな言葉の後で、当然ながら、まだ紹介されていない少年の存在に対してコメントは集中する。〈だれ〉〈ゲストか〉〈見ない顔だ〉〈かわいい〉などなど。

かわいい、という表現に少年は眉《まゆ》をしかめる。十七歳にとって、嬉《うれ》しい文字列ではない。

「はいはい、お前ら、がっつかない」

響が少年をかばうように両腕を交差させる。

「紹介しまーす。本日のゲスト君だよ。雨宮葉《あめみやよう》君、高校二年生。私の彼氏でーす！」

肩を組まれて、葉は曖昧《あいまい》に口を歪《ゆが》ませる。スーツの上からでも判《わか》るやわらかい二の腕の感触は、男女の性差を否応《いやおう》なしに意識させる。冗談とはいえ、どぎまぎせずにはいられない。

「なんてウソウソ」

いたずらっ子のようにバイザーの下の目が笑う。

「彼氏じゃなくて、セフレ！」

すると今度は、〈やべーよｗｗ〉〈変態じゃんｗｗｗ〉〈条例違反！〉〈通報しました〉のコメントが現れた。

「ああ？　今、条例違反っつったか。同じ十代だぞ！　法律は平気だろーが！」

声を荒らげる響。

今度は〈サバ読むなｗｗ〉〈この前ウイスキーのレビューしてただろうが〉とツッコミが入った。遠成響という動画配信者は、アイドル的な人気で売っているわけではないらしい。なるほど、こういうふうに視聴者とコミュニケーションしているんだな、と分析しながら、葉は冷静さを取り戻そうとする。

「はい、ちゃんと紹介するからね。葉君はねえ、作家さんなの。ジャンルはミステリーで、今年、ホワイトリーフ新人文学賞っていう、結構有名な賞を取ったんだよ」

「賞をもらったのは短編なんで……まだ、本は一冊も出してないですけど」

「ちなみに葉君のお姉さんも作家さんなんです。雨宮桜倉《さくら》さん。数年前に亡くなったけど、すごいヒットを飛ばしまくった人だから、知ってる人も多いんじゃないかな？」

〈めちゃくちゃ売れてる人じゃん！〉

〈雨宮って名前でもしかしてって思ったけどやっぱりそうか〉

〈きょうだいで小説書いてるなんてスゲー〉

たちまち押し寄せたコメントの洪水に、葉は嬉しくなる。

「そうなんです。『少年探偵ユウ』シリーズ等で一世を風靡《ふうび》した雨宮桜倉は俺の実姉です。桜倉は五年前に世を去りましたがその作品は今でも版を重ねるほどで、昨年から刊行が開始された全集は発売直後から好評を博しており――」

「葉君、落ち着いてね？」

響に背中をさすられて、ようやく我に返った葉は、〈エキサイトしすぎｗｗ〉〈どんだけお姉さんの宣伝したいんだよ〉等のコメントを見て赤面した。姉の作品が未来永《えい》劫《ごう》売れ続け、読み継がれることを期待している葉だが、本日、配信に参加した目的はそこではない。

「脱線、戻しまーす。ここは毎回、一冊の本を紹介するコーナーなんだけど、今回はちょっと変則というか……葉君やお姉さんの書いた本を紹介するわけでもないんだよね。ある本について、くわしく説明できる人を探してて、それが葉君なの」

響が目で合図するのに合わせて、葉はカメラの範囲外に置いてあった文庫本を取り上げた。

「専門家ってほどじゃないですけど、声をかけてもらいました。これからとり上げるのは、陰橋冬の『物語論と生命自律』という作品です」

白字で作者名とタイトルがそっけなく刻まれている黒い表紙をカメラに示しながら、少年は喉《のど》に力を宿す。

「たぶん、今の日本で流通している中で、最も危険な書物です。この本が世に出たせいで、多くの人命が失われています……」

口にしたばかりの言葉が、白い字幕となってモニターに映し出されている。滑舌に注意しながら、葉は言葉をつなげた。

「陰橋は、『物語従属論』という思想を提唱していた気鋭の哲学者です。物語従属論とは、人類の歴史や振る舞いが、受け継がれてきた伝説や伝承の類《たぐい》によって規定されていると主張する考え方でした」

〈難しい〉〈もっと簡単に！〉とコメントが表示される。視聴者の反応がダイレクトに飛び込んでくるのは、葉にとってはありがたかった。とにかくこの場は、大勢の人間に伝えることが重要だからだ。

「ええと、古い時代なら、おとぎ話とか英雄の物語とか……現代に近づいてくると小説とかマンガとかを色々な人たちが楽しむようになりますよね。でもそういう物語は、皆を喜ばせるだけじゃなく、影響を与えているんじゃないかっていう発想なんです」

「葉君が言う『物語』には、映画とか、アニメも混ぜちゃっていいんだよね」

響が質問を挿《はさ》む。頷《うなず》きながら、葉はここからの話題の組み立て方を思い返していた。この生配信、細かい台本は存在しないものの、どの辺りで響がどういう合いの手を入れるかなどは、あらかじめ決めてある。

「伝説・民話・小説・戯曲・映画・アニメ……こうした物語には、俺たちが生きている現実とは違うポイントがあります。それはなんだかわかりますか」

これは響に対する質問だ。わざとらしく首を傾《かし》げる彼女に対して、がんばれ、脳みそ使え、などと言葉が投げかけられる。

「うーんと、『終わりがある』ことかなあ」

打ち合わせ通りに、響が解答を口にする。「たまには例外もあるけどさ、基本的に物語って、バッドエンドでもグッドエンドでも、終わりは必ずあるよね？　それが現実と違うところじゃない？　私たちの毎日は、終わりなんて来なくて、ずっと続いていくものだから」

数秒置いて、コメントが飛んできた。

〈いや、現実だって終わるだろ〉

〈俺らの人生だって、俺らが死んだら最後じゃね？〉

「あー、そっかあ」

眉をひそめ、響は頭を抱える。これも打ち合わせ通りだ。仕込みのコメントではないものの、不完全な答えに対して、ツッコミが入るだろうことは二人とも予想していた。

「じゃあわかんなくなっちゃった。葉君、正解をお願い」

「響さんの答えも完全な間違いじゃないんですけど……物語の特徴は、『終わりを決められる』ところです」

響が、カメラには写らない位置にあるマウスを操作する。字幕化されていた葉の「終わりを決められる」という言葉が赤字で強調された。

「たいていの人は、自分の人生がどこで終わるかを決めることができません」

当たり前の事実を、葉はあえて強調する。

「ある程度の人生設計は可能でしょうけど、何歳の何日目で終わるように予定を立てるとか、少なくとも現代では不可能です。たとえ可能になる時代が訪れたとしても、不慮の事故や病気、戦争なんかで予定はふいにされてしまうかもしれません」

「なるほどね。でも物語は違う……」

「はい。響さんの言った通り、未完の作品を除くと、物語には区切りが存在します」

モニターのコメントが減少した。話を整理しているのだろう。結構まじめな視聴者なんだな、と葉は感心した。

「原始的な物語が生まれたころの暮らしぶりは、現代の俺たちに比べると、過酷で残酷なものだったはずです。病気で、飢餓で、貧困で、戦争でバタバタと命が消えていく。彼らの人生は区切りを感じられるものではなく、偶然に始まり、あっけなく終わるような形だった」

「なるほど」響が手を叩《たた》く。「だからきちんと区切りのある物語ってやつが、特別に見えたってことかな」

〈答え教えてもらってるだろ〉とコメントが入ったが、響は涼しい顔で、

「昔の人たちにとって、きっちり始まりと終わりがある物語は、今の私たちにとってよりずっと意味があるものだったって話だね」

「そうです。陰橋は、物語の形式が人々の在り方をも変えたのだと考えていました」

また曖昧な表現を使ってしまったかもしれない。反省しながら、葉は伝わりやすい言葉に切り替えた。

「たとえば今を生きる俺たちは、人生の節目、とか、人生の終わりにさしかかって、

とかいう表現を口にします。これは人間の生が『一つのまとまり』であることを前提にした言葉であり思考です。陰橋は、この世に物語が生まれなかったら、そういう発想さえ浮かぶことはなく、人間はただ日々を生きてあっさり死んでいく生き物のままだったろうと主張しているんです」

またコメントが減っている。物事をわかりやすく伝えるのは難しいな、と葉は思い知らされた。

それでも少し経《た》った後に〈わかった〉〈なんとなくわかった〉〈六割くらいわかった〉という言葉が飛《と》び交《か》い始めたので、葉は安心した。

〈けどさ、それの何がまずいわけ〉

「でも、それの何がまずいの？」

響が苦笑する。自分の一言と、モニターのコメントが似ていたからだろう。

「今の話を聞く限りだと、陰橋って人、そんなに危ない思想を触れ回っている感じでもなさそうだけど」

「ここまでなら、問題ないんです」

最初に掲げた陰橋の著書を、葉はもう一度持ち上げた。

「人間の生き方は、人間の作った物語に強く影響されている。当初の陰橋の思想は、とくに批判される部分も見つからない、無害なものでした。陰橋の哲学が暗転したのは、二〇一九年末から二〇二〇年にかけてのことです。何があったのかは、言うまでもないと思いますが……」

ああ……

響の口からため息が漏れ、ディスプレイにも同じ種類の嘆きが広がった。


〈コロナだな〉

〈社会が暗くなったから、学者さんの頭もやられちゃったのか〉

〈すごい哲学者でも同じなんだな〉

〈世の中を見つめるのが仕事みたいな職業だから、よけいダメージでかいんじゃねえの〉

〈芸能人とかも自殺したよな、あの頃〉

〈ひょっとして、陰橋って人も自殺したとか？〉

〈Ｗｉｋｉで検索したら、やっぱり自殺だって。しかも集団自殺！〉


解説する予定だった事柄を、先回りして調べてくれる。ありがたい反面、手ごわい視聴者だ。葉は頭の中で話を組み立て直す。

「ここでようやく、この本の話に入ります」三度《みたび》、葉は『物語論と生命自律』を掲げた。

「二〇二〇年、ウイルスが世界を席巻した時期に、陰橋は服毒死を遂げました。この本は、彼の遺稿をまとめたものです」

文庫本の終盤のページを開く。

「本書の基本的な内容は、陰橋哲学の集大成です。さっきまで俺が説明していた話が詳細に、グラフや実例を添えて語られています。ただし最後の最後で、爆弾を投下している。今言ったように、自殺の肯定です。仲間たちの絶望に引っ張られたせいか、元からそういう要素があったのかは断定できませんけど、陰橋の思想は、死への憧れに濁《にご》り、歪んでしまった」

葉は開いたままのページを響に示した。配信で鍛《きた》えたよく通る声がテキストを読み上げる。

「私は世界に絶望した。どれだけ志を抱いても、希望を心に灯《とも》しても、理不尽は巨人のようにすべてを踏《ふ》み潰《つぶ》す。物語に憧れるような前向きな生き方に、何の意味があるというのだろう」

「諸君に提案する。社会や運命が押しつけるくだらない物語に辟易したら、なにもかも面倒になったら、自らの人生を書物にまとめ、エンドマークを記したまえ。そして毒杯を呷り、くだらない世界に別れを告げるのだ。そのとき、この書物は君たちだけの物語を記録するものとなる」

「私はなるべく自殺という言葉を使用したくない。この言葉には偏見と侮蔑《ぶべつ》が充満しているからだ。よってここでは、人生を終わらせる行為を『自律』あるいは『生命自律』と称する」

澄み渡る発声が、死者の言葉をネットにばらまいている。

「人間には、自分で自分の物語を完結させる権利が与えられている。私は、私と思想を同じくする同志を募《つの》り、私の信念を実行に移す。希望無き少年よ、悩める青年よ、すり減りきった老人たちよ。私と共に、自律を実行しようではないか」

朗読が終わり、葉はページを閉じた。

「これは後で警察が調べて判明した話ですが、陰橋は集団自殺を実行する前に、印刷業者と契約しています」

コメントが一瞬、ゼロになった。突然現れた印刷という言葉に混乱しているのだろう。

「厳密に言うと、この本は、陰橋の最後の著作ではなかった可能性もあります。陰橋は、『陰橋冬・生命自律への歩み』というタイトルの自伝を遺《のこ》していたからです。同書は出版社には頼らず、直接印刷工場を使って製本されました。加えて陰橋は、自殺を決意した若者たちの代わりに彼らの自伝の執筆も手伝ってあげたそうです。それから全員で、毒杯を飲み干しました」

葉も、響も話を止めた。

期待通り、〈本はどうなったの?〉〈自伝はどこへ行ったんだ?〉と質問が上がる。

「彼らの自伝は、国会図書館に納本されています。陰橋たちは、人生を文字通り物語に変えた後、幕を下ろしたんです」

〈こわい……〉

〈集団自殺は知ってたけど、本の話は知らなかった〉

〈国会図書館って、ヤバい本でも受け入れてもらえるんだよな〉

〈陰橋って人、偉い先生なのに他人の自伝を書いてやるなんて面倒見いいな〉

ちょっと的外れなコメントに苦笑しながら、響はこくこくと頷いた。

「なーるほど。葉君が『物語論と生命自律』を危険だって言う理由はそこなんだね、偉い哲学者に憧れる人が、後追いをするかもって」

「残念ですけど、仮定の話じゃないんです」

葉は重々しくかぶりを振った。

「陰橋たちが自殺する前に納本された自伝は、全部で十一冊でした。タイトルは全部、『著者名・生命自律への歩み』で統一されていたんですけど」

葉は言葉に圧を込める。ここからが本題なのだ。

「この、『著者名・生命自律の歩み』が、毎年、少しずつ納本されているんです」

〈ヒエっ……〉

〈ヤバ……〉

コメントから動揺が伝わってくるようだ。

「関係ない人がまねしてるってことだよね」

響が暗い声を出す。

「そうとしか考えられません。集団自殺以降、およそ二百冊の自伝が納本されています」

〈二百冊〉

〈多いのか、少ないのかどっちだろ？〉

〈それ、作者は全員死んでるの？〉

最後の質問に葉は答えた。

「自伝の内容から個人を特定できたので、一人ずつ調べました。二百名全員、自ら命を絶っています」

〈きっちり、全員……〉

〈本出してから、一人も思い留まらなかったのか〉

〈決意強すぎ。怖すぎ〉

「自殺した人たちの年齢は十代後半～三十代前半で、陰橋の読者層もそれくらいです」

衝撃を大きくするために、葉はゆっくり、はっきりを意識して言葉を続ける。

「なお自死に使用されたのは海外の安楽死推進団体から推奨されることが多いペントバルビタール系の薬剤で、『カクテル』と俗称されるものです。この薬は昏睡《こんすい》効果が程よく、夢心地のまま安らかに死の淵《ふち》へ向かうことができると言います。陰橋冬と同志たちが摂取したのも同じ薬剤です。フォロワーたちは、『物語論と生命自律』に賛同した上、死に方まで模倣している」

〈もう、呪いの本じゃねえか〉

〈違うだろ、呪いじゃないからヤバいんだよ〉

〈閲覧禁止とかにできねーの？〉

〈日本じゃ、ムリだろ。表現の自由！〉

復活したコメントの波に視線を移し、葉は求めるリアクションを探した。

〈でも、たかが二百人足らず、集団自殺を足しても、二百十人程度だろ？〉

〈交通事故とかに比べたら、たいした数じゃなくね？〉

これだ。葉はすかさず口を開く。

「確かにこの程度の人数で終わるなら、この『物語論と生命自律』が脅威に見えないのも仕方がない話です。けれども、この数が爆発的に広がっていく可能性があるとしたらどうでしょう」

「どういうこと?」

響が唇《くちびる》の角度で怯《おび》えを演出した。

「杞憂なんかじゃありません。現実的な理由が二つもあるんです。第一の懸念には俺の姉が関わっています」

葉は苦悩を演出するために一瞬、目を閉じた。

「姉の遺作になった『落花』という小説をご存じでしょうか。心に傷を負った若者たちが共同生活を送り、生きる希望を見出《みいだ》せない人間のよりどころとなるブックカフェを立ち上げる、という筋書きです。紆余曲折を経て生きがいを見出した若者たちが、開店日を迎えるシーンで締めくくりになる話なんですけど」

〈読んだよー〉

〈あれ、超名作〉

〈三回泣いた〉

〈がんばろうって気持ちにさせてくれる話だった〉

「あの話は実話をベースにしたもので、姉は開店準備中のスタッフや出資者に取材して小説を書きました。完成が二〇一九年十一月。その一ヵ月後に、姉は病気で世を去りました。たった今、賛辞をいただいた通り、『落花』は前向きなメッセージで満ち溢れている作品なんですが」

コメントに感謝しながら、葉は不愉快な事実に触れる。

「一方で、物語のモデルになったブックカフェが開店したのは、翌年一月でした。つまり営業を開始したブックカフェがどうなるか、生前の姉には知る由《よし》もなかった——これがやっかいな食い違いを生み出してしまったんです」

〈ああ、お店、ダメだったのか〉

〈まあ厳しいよな。あの時期に新規開店なんて〉

「あっという前に閉店——それだけならまだ救いのある話でしたけど」

コメントを目で追いながら、葉は、より酷い現実を伝える。

「それで終わりじゃなかった。スタッフが自殺したんです。全員、自伝を遺して」

〈うわあ……〉

〈店の人、陰橋って学者の信者だったのかよ〉

「というより、陰橋は出資者だったんですよ。その店の」

「あちゃー」響が天を仰ぐ。

「おそらくブックカフェは、社会に暗雲を感じ始めていた陰橋にとっても、一つの希望だった。それが頓挫《とんざ》してしまった。陰橋は相当な資産家だったという話ですが、あの時期、いくらお金を積んでも人を集めることは難しかったでしょう。廃業を強《し》いられ、店員たちも陰橋も、絶望して命を捨てました。姉の小説に、グロテスクな後日譚が追加されてしまったんです」

「それはたまったものじゃないねえ」響は大げさな位置まで眉の角度を変えた。「お姉さんがハッピーエンドで終わらせた物語が、モデルになった人たちのせいで、バッドエンドに変わっちゃったわけだ」

「病状が悪化する中、姉は『落花』に特別な思いを込めて筆を執っていたに違いありません。そんな作品なのに、陰橋たちの自死を知る人たちはラストに暗い兆しを見てしまいます。最悪の場合、自殺をまねるかもしれない。姉が全く意図していなかった要因のために、人が死ぬんです。こんな理不尽な話がありますか？」

葉は視聴者に強い印象を与えるために語気を荒らげた。一呼吸してから次弾を放つ。

「二つ目の懸念は、影響力という意味では、姉の小説より大きいかもしれない話です。三ヵ月前に亡くなった人気アイドルの水渡千茉莉《みわたりちまり》さんですが、彼女も自伝を納本しています」

これまで以上の大量のコメントがモニターを埋め尽くした。

〈おい、本当かよ！〉

〈そんな話、ばらしちゃって大丈夫？〉

「俺は定期的に、国会図書館の検索エンジンで、『生命自律への歩み』をキーワードに蔵書をチェックしています。最近になって『水渡千茉莉・生命自律への歩み』というタイトルがひっかかったんです」

葉はカメラをまっすぐ向いて話す。

「彼女が自殺だったことはすでに報道されてるみたいですけど、生命自律主義とか自律主義なんて呼ばれている陰橋の思想に共感していた件については、あまり騒がれてませんん。近年、マスコミは後追いを防ぐために自殺事件の詳細を規制する傾向があるから、その一環でしょうけど……配慮よりスクープを重視する報道機関が一つでもあったら、センセーショナルに騒ぎ立ててもおかしくありません」

葉はカメラとの距離を詰め、両手で『物語論と生命自律』を持ち上げた。爪《つめ》が表紙にめり込むくらい、力を込める。

「さっきも言いましたが、まだまだ社会的には注目されていない二百名という自殺者の数が、今後、姉の小説と水渡さんの影響で増加する可能性は否定できません。俺は、姉の遺した小説が、人死にを増やしていることを悲しんでいます。姉の小説や、千茉莉さん関連の報道をきっかけに自律主義に興味を持った人の中には、陰橋の思想に魅せられて、彼や千茉莉さんの後を追おうとする人も出てくるかも……だからあらかじめ、俺はどこかで伝えておきたかったんです。どうか冷静になってください。自殺は格好がいいものでも、人生を完成させる行為でもなんでもありません！　俺と同じくらいの年頃の人は、この数年、ろくなことがなかったって打ちひしがれてるかもしれませんけど、それでも、死ぬなんて間違っています」


生配信は、約三十分で終了した。

モニターから視聴者のコメントが消えると、ちょっとした寂《さび》しさと疲労感に包まれる。配信中と同じイスに腰かけながら、葉はさっきまでの自分を採点していた。

少し、感情に訴えすぎただろうか？

すべての視聴者に倫理観や正義感を期待するほど、おめでたい頭ではない。注意喚起として伝わってくれたらそれでいい。情報を確実に伝えるだけなら、もう少し冷静なアナウンスに努《つと》めるべきだったかもしれない。

「お疲れー」

響が二人分のジュースを持って目の前に回り込んできた。一度スタジオを出て買いに行ってくれたらしい。

「すみません、色々してもらって」

「いやいや、出演をお願いしたのは私の方なんだし」

左手の缶ジュースを口に運びつつ、響は右手のスマホ画面でＳＮＳを確認しているようだ。

「視聴者の評判も悪くなかったよ！　やっぱり賢い人が回してくれると助かるわー」

賞賛をもらいながら、葉は不思議だった。

「響さん、知ってたんですよね。陰橋の件」

「君に教えてもらったんじゃん、打ち合わせでさ」

「そうじゃなくて、打ち合わせより前の時点でですよ」

自称十代の響だが、視聴者とのやりとりを観る限り、少なくとも成人はしているはずだ。やり手らしい大人を無条件に信頼するほど、葉は純朴な少年ではない。

「人に物事を伝えるとき、相手が初めて聞く内容なのか、初めてのふりをしているのかって、なんとなく区別できるんですよね、俺」

「おお、さすがの観察眼。作家さんだねえ」

「いや、そんなたいしたものじゃないですけど」

「うん、知ってた。『落花』も『物語論と生命自律』も読破済み」

「じゃあ、俺なんか呼ばなくてもよかったんじゃないですか」

「いやいや、相方がいた方がスムーズに動くこともあるんだよ。生配信はね」

「理由はそれだけですか」

「それだけじゃないんだなあ」

葉が横のテーブルに置いていた文庫本の表紙を、響は意味ありげに撫《な》でる。

「私のチャンネルで、本を紹介してくれるゲストを探していたのは本当。それで声をかけた葉君が選んだのは、私も読んだことがある本だった。題材を変えてもらってもよかったんだけど……ちょっと測りたかったのさ、君が場慣れしているかどうかをね」

「配信に出るのは初めてですけど」

「でもアガったり、しどろもどろになったりしなかったでしょう？　それだけで充分」

響は頭のバイザーをずらし、葉を品定めするようにこちらへ視線を注いできた。

「ひょっとして、他にもあるんですか？　陰橋の著作について語る番組が」

「察しがいい！」

笑顔であごを反《そ》らす。

「葉君、ネットカシオは知ってる？」

「知ってますよ。超大手じゃないですか」

ネットカシオは、インターネット上で数百の映画・アニメチャンネルを配信している世界規模の動画配信サービスだ。若い世代を中心に視聴者を確保しており、ここ数年は地上波放送を脅かすほどの勢いだと言う。

「あそこ、最近になって、報道にも力を入れ始めてるんだって。ここからはたぶん、葉君も知らない情報だと思うけどさ」

ぴんと尖《とが》らせた人差し指を、響は葉の目の前に持ってくる。

「陰橋の思想に傾倒している十代から二十代くらいの若い子が、地方から出てきて、ルームシェアみたいな生活を送ってるんだって。実は、千茉莉ちゃんもその一員だったらしいの」

本当に、初耳だった。「千茉莉さんの同志ってことは当然……」

「うん。死にたい病にかかってる。その子たちが、来週の報道番組に出演するの。『自律』する前に、大手の番組に出て思想の正当性を訴えたいんだって」

「それはまずい、絶対にまずい」

焦慮が汗のように背筋を走る。地上波放送に視聴者数が追いつきつつあるくらいのネット放送で、顔を売った後に自殺する。何十年も前から繰り返されてきたアイドルの後追い自殺のように、影響されて自死の連鎖が発生することは充分に考えられる。今は一部の読者しか知らないような姉の小説に関する風評も、一気に拡散してしまう恐れがある。

「番組の話に戻るね。ディレクターさんはさ、その人たちの話を聞くだけじゃなくて、自殺をいけないことだと思う若い子も集めて、意見を戦わせたいんだって。出演する自律主義者は三人だから、こっちも三人。一人は私で、私のツテでもう一人、連れていっていいことになってるんだよね」

「それが俺ですか？」

「そゆこと。なんか、モノ書き系？　っていうか、作家さんが欲しいらしくて。葉君、出たいでしょ？」

動画配信者は、作戦会議のように、手のひらを葉の肩に乗せた。

「大勢の前で、自殺志願者と信念のぶつけ合い、思想の殴り合い。燃えるよねっ」

スタジオからの帰途、葉はショッピングモールの大規模書店に足を向けた。よく利用している店で、立ち寄った際には品揃《しなぞろ》えをチェックすることにしている。

文庫コーナーの「あ」行をのぞいた葉は、そこに「雨宮」の著者名を確認して安心する。売れ行きの悪い作品は絶版になってしまうから、長期間棚に残っているのは人気作家の証《あかし》だ。

多少でも読書を趣味にしている日本人なら、ほぼ間違いなく雨宮桜倉の名を知っている。

姉・桜倉は抜群の知名度を誇る人気作家だった。

元々は葉と同じミステリー畑の出身で、探偵が難事件を解決する『少年探偵ユウ』シリーズが好評を博し、ベストセラーとなった。評論家たちは、奇抜なストーリーの合間に挿まれる日常描写に注目するようになる。桜倉は人間の仕草《しぐさ》や、風景描写だけで読者を惹《ひ》きつけることができる抜群の文章力にも恵まれていたのだ。初の純文学作品であり、田舎《いなか》のありふれた一週間を描いた『青の庭』は激賞を浴び、複数の文学賞を受賞している。

作家デビューが十六歳、『青の庭』が十八歳。若くして名声を得た桜倉の将来は、栄光に包まれた輝かしいものになるはずだった。

けれども文庫本の著者紹介には、無慈悲な六文字が印字されている。

享年二十二歳。

二〇一九年の夏に、難治性の肺炎を発病した桜倉は、たった半年であっけなく世を去ったのだ。

文庫コーナーから文芸書の一角に移動した葉は、『雨宮桜倉全集』が並ぶ特設コーナーに目を留めた。収録された作品の数は十二冊で、棚の一列すべてを埋めるには、若干冊数が足りない。余ったスペースに、宣伝用のパンフレットが表紙を見せる形で立ててある。縦の長さが二十センチ程度の薄い紙で、手書きの惹句《じゃっく》が連なっていた。

雨宮桜倉全集別巻　未発表作品集　全二巻
七月十五日発売予定！
四六変型判135ミリ×192ミリ　320ページ（一巻）　304ページ（二巻）
作者の遺稿・アイデアノート・PCデータからすべてのテキストを抽出した決定版！

（そういえば、今日発売が告知されるって聞いてたな）
遺族である葉は、当然、新刊の予定を把握している。そもそも遺稿の整理を担当したのは自分なのだ。
それでも新陳代謝の激しい書店の棚で、わざわざ空きスペースを設けてまで宣伝してもらえる厚遇ぶりには驚かされた。葉が聞いている未発表作品集二冊は、ちょうどパンフレットがある空きスペースと同じくらいの厚さになる。つまりこの書店では、桜の全集コーナーをしばらく維持する予定だという意味だ。没後五年を経《へ》てなお、雨宮桜倉のネームバリューは色あせていない。

(愛されているんだなあ、今でも……)

全集の既刊も、すべて発売月の売り上げトップ5にランクインしていた。もういない肉親の作品が尊重されていることに葉は感謝する。宣伝文にはまだ続きがあり、そこには葉の名前も記されていた。

著者の実弟でありホワイトリーフ賞作家である雨宮葉氏がアイデアノートを整理・再構築した『少年探偵ユウ』「新作」短編も数点収録!

ミステリー作家の登竜門であり、桜倉の輝かしい受賞歴の一つでもあるホワイトリーフ文学賞だが、葉はこの新人賞自体を重視しているわけではない。

葉の目的はただ一つ。姉の死後も、姉の作品を世に送り出し続けることだ。

たとえばコミックやアニメだったら、作者が世を去った後も新作が制作され続けるケースは珍しくもない。サザエさん、ドラえもん、クレヨンしんちゃん、ゴルゴ13……しかし小説にこのパターンは少ないようだ。日本の小説で該当するのは『グイン・サーガ』くらいだろうか。葉は、作家・雨宮桜倉が数少ない例外としてこの世に生き続けることを望んでいた。姉の死後、姉の全出版作品・遺稿や走り書きの隅々《すみずみ》にまで目を通し、文体の癖《くせ》や創作に対する姿勢を自分に染《し》み込《こ》ませた。書き上げた文章は、かつて姉の担当だった編集者のお墨付きをもらうほどに雨宮桜倉の生き写しだった。そこで編集者に、姉のアイデアを「新作」にして全集に加えたいと申し出たのだ。

ディープなファンは、ただの肉親が「新作」を書くなんて許容してはくれないだろう。葉が姉と同じ文学賞を目指したのは、姉の後継者として社会的な信用を得るためだ。

（この作品集が好評だったら、書き続けることを許されるかもしれない）

一つのフォーマットとしての「雨宮桜倉」を、人類が文字を読み続ける限り、未来永劫存続させることが葉の最終目標だった。自分が死んだ後も、誰かに引き継いでもらいたい。可能なら、AIのような存在に学習させて、人類の滅亡後も……そんなSFめいた発想さえ、葉は本気で検討していた。

持参していたバッグの中に手を伸ばし、その中の『物語論と生命自律』を確かめる。表紙の冷たい感触が、怒りを呼び起こした。

もっと生きたい、と姉は願っていた。当然だろう。作家なら、何十年、何百年生きたって、書きたい事柄は尽きないはずだ。それなのに、才能に恵まれた桜倉に与えられた時間は、たったの数年。

その姉が欲しくてたまらなかった時間を、地べたに放り投げようとする奴《やつ》らが世の中にあふれている——

——ふざけるな！

葉は自殺志願者を軽蔑《けいべつ》している。とはいえ、他人の心をくみ取る想像力も、創作者には欠かせないものだ。誰でも、どうしようもない状況に追い込まれたら死を選んでしまうかもしれないし、自分だって、そうならないとは限らないとも理解している。だから、全人類の脳みそにチップを埋め込んで死ねないように改造すればいいのに、とまでは願っていない。

許せないのは、自殺の流行に姉の作品が巻き込まれている現状だ。

このまま『落花』を経由して生命自律主義に魅了される人々が増加すれば、桜倉に対する世間の評価さえ変わってしまう。夭折《ようせつ》した天才作家は、死に際に読者を死へ引きずり込む悪書を遺したのだと、非難を浴びかねない。

葉は、創作者としての雨宮桜倉を守りたかった。そのためにも、彼女のコピーを成立させたい。作品が供給され続けることになれば、読者の脳裏から、『落花』と陰橋冬にまつわる不愉快なエピソードの記憶は次第に薄れていくだろう。

だが今の自分に、万人を納得させるほどの筆力は備わっていない。ならばあらゆる手段と機会を駆使するべきだ。生命自律主義の蔓延《まんえん》を食い止めたい。その上で、姉の名誉も守りたい。

討論会への出席を了承したのも、当然の成り行きだった。

自宅に戻った葉は、ショッピングモールで適当に見繕《みつくろ》ったレトルト食品で夕食を済ませた。両親は共働きの公務員で、年度末は異動関連の引き継ぎ等で忙しいらしく深夜まで帰ってこない日が続いている。姉を失ってから、葉は一人でいる時間が増えた。

スマホが振動したので確認すると、SNSに響から連絡が入っていた。

〈観たことある？　千茉莉ちゃんの自殺予告動画〉

〈ないです。たしか、死ぬ直前に動画を上げたんですよね？〉

動画の存在は葉も知っていたが、すぐに動画の運営会社に削除されてしまったらしく、観ることはできなかったのだ。

〈そっか。ファイル持ってるから、キツくなかったら目を通してほしい〉

コメントの横に動画ファイルが添付されていた。

〈敵は千茉莉ちゃんの元同居人だからさ、千茉莉ちゃんの情報は、なるべく知っておいた方がいいと思う〉

感謝を送信してから、葉は動画の再生ボタンをタップした。

最後の国民的アイドル。水渡千茉莉はそう呼ばれていた。

芸能事務所の用意したキャッチコピーではない。ネットで、テレビで、視聴者や芸能関係者の間から自然発生的に貼《は》り付《つ》けられた称号だ。この言葉以上に千茉莉という存在を端的に表す表現がないのも確かだった。

千茉莉はオーディションから誕生したアイドルではない。前身は、冬季オリンピックに出場したスノーボードクロスの選手だった。スノーボードやスケートボードというスポーツは、反射神経や柔軟な肉体を必要とするためか、ティーンエイジャーのうちから大舞台に登場する選手も多い。千茉莉もまた、十代半ば《なか》でオリンピックの決勝まで上り詰めたプレイヤーだった。競技経験やテクニック以上に、彼女には闘志が備わっていた。優勝を有力視されていたオーストリアの選手に対して怯《ひる》むことなくレースを繰り広げ、結果、最下位に終わった。

トップを狙《ねら》わず、二番手に徹していれば銀メダルも可能性があったはずとのインタビューに対し、千茉莉はからからと笑った。

「私、どの瞬間も、いちばん楽しくて面白そうなことをしたいんです」

その後、疫病に罹患して運動能力が著《いちじる》しく低下したため引退を余儀なくされた際も、千茉莉は自分の不遇を受け入れ、笑っていた。彼女に目を付けたのが、大手芸能プロダクションの社長だった。彼はアイドルの絶対条件を「生命力」と定義していた。容姿も、コミュニケーション能力も千茉莉は優れていたが、それらは枝葉にすぎない。大衆を惹きつけてやまないものは、人格そのものから発散されるエネルギーなのだ。彼女は売れる。そう確信した社長は、スノーボードを退いた千茉莉を口説き落とし、歌手としてデビューさせたのだ。

オリンピックによる圧倒的な知名度と、笑顔の魅力。これらの相乗効果によって、千茉莉はまたたく間に芸能界のトップに上り詰めた。彼女は自分が歌う楽曲の作詞作曲も手掛けたので、厳密にはアイドルという枠には収まらない存在だったかもしれない。しかし、仰ぎ見る人々に意気を注《つ》ぎ込《こ》み、前向きにさせるという意味で、彼女は間違いなく字義通りの偶像だった。

動画ファイルが再生される。スマホに映し出されたのは、セミロングの髪をかき上げる笑顔の少女。それほど芸能界に詳しくない葉でも見間違えることはない。水渡千茉莉だ。体のラインが出ない、起伏の緩やかな白いワンピースをまとっている。

「みなさん、こんばんは。突然で申し訳ないんですけど、お知らせがあります」

ややつり上がった、勝ち気な印象の目が揺れる。アスリートだったせいか、数時間前まで聴いていた響の声よりも、さらにくっきりした発声だ。

「私、自殺します。応援してくれたファンのみなさん、こんなことになってごめんなさい」

信じられないくらい明るい調子の宣言だった。自殺という言葉を聞き逃していたら、結婚や交際の報告かと勘違いしそうなくらいだ。事実を知っている葉でさえ戸惑うのだから、リアルタイムで聴いたファンの驚愕《きょうがく》は相当なものだったろう。

冷静に見定めようと葉は画面に集中する。全体的に白い印象の画面だ。カメラの近くにいる千茉莉の顔と、ワンピースの生地《きじ》が大部分を占めている。千茉莉が一歩後ろに退くと、白い壁紙の部屋の中にいるらしいと判明した。背後に窓はないが、同じ色の本棚が奥にある。千茉莉の位置から見て左奥の窓のような位置に作り付けされているため、全体を観ることができるが、離れた位置にあるからタイトルまで読み取ることは難しい。並んでいる本は大半が単行本サイズ。ほとんどが、棚の幅にぎりぎりで収まっている。色合いから判断する限り、おそらく大部分がベストセラーや話題本で、桜倉の全集も入っているようだ。最近は目立つデザインの背表紙が多い中、地味なせいで文字が不明瞭でも区別できる蔵書がある。

「陰橋冬の『物語論と生命自律』」

憎しみを込めて葉は呟《つぶや》く。国会図書館に自伝を納本していたことからほぼ間違いはなかったが、これで水渡千茉莉が陰橋の思想に影響されていたことが確実になったのだ。

「私、人生でやりたいことだけを追い求めて暮らしてきました」

千茉莉が両掌を広げてカメラへかざす。「スポーツもアイドルも……瞬間瞬間でいちばん楽しいと思ったことを選んで毎日を過ごしてきたんです。私くらい、自分の欲望に正直に生きてきた人間はいないと思います。やりたいことを、好きなように楽しむためだけに生きてきたから、病気で苦しかったときも、前向きに過ごしてこられたんです。それは常識とか、倫理とか関係ありません。ですから今日も、私の心のままに行動しますね。今、私が死んじゃったら、とてもとても面白いことが起こりそうだから、自殺します」

葉は眩暈《めまい》を覚えた。動画のアイドルからは、これから遊園地へ行きます、と同程度の気安さしか感じられない。気負いも、悲愴さもゼロだ。

「楽しみだなあ！　私がいなくなったら、みんな、どんな気持ちになるかな？　迷うかな？　わけわかんなくなっちゃうかな？　不思議に思うかもねえ。私のこと、生きているとき以上に知りたくなっちゃうかなあ?」

遠足前の幼児みたいに、アイドルは笑う。

「じゃね、さよなら」

そう告げた直後、動画は終わった。

怒るのも忘れて、葉は停止した画面を眺めていた。

〈観ました〉SNSで響へ連絡する。数秒でリプライがあった。

〈どう思った?〉

〈予想外でした〉

混乱から、葉はかろうじて感想をひねり出す。

〈もっと深刻な感じを想像してたんです〉

〈私もう、生きてられない——みたいな?〉

〈そうです。陰橋と一緒に死んだ人たちは、自伝を読む限り、色々追い詰められていましたから〉

〈反対だったよねえ、千茉莉ちゃんは。お気楽すぎるくらい〉

〈まるで娯楽か快楽のために死ぬような言い草でした。虚勢とも考えられますけど〉

アイドルだから、不安や絶望を隠すための演技だったとも解釈できる。ただ、うまく言語化できないのだが——千茉莉の振る舞いには、何か、別の意図が隠されているようにも思われた。

〈千茉莉さん、今度討論会に出る人たちと一緒に住んでたんですよね〉

リプライを送るうちに、葉に疑問が芽生《めば》えた。

〈千茉莉さんが死んだとき、その人たちはいなかったんですか〉

〈いたらしいよ？　報道の人に教えてもらったんだけど、その最中も同じ建物の中だったって〉

〈それ、犯罪じゃないですか？〉

法律に詳しいわけではない葉だが、ある人間が自死を遂げることを承知で、制止できる距離にいながら何もしないのは、自殺幇助《ほうじょ》とかに該当しそうな気もするが……

〈皆、知らないって言ってるらしいよ。千茉莉ちゃんが自殺を近々決行するらしいとは聞かされていたけど、それがその時間帯だとは知らされてなかったって。絶対に、確実に百パー嘘《うそ》だろうけど〉

リプの文面に、怒りのようなものを葉は読み取り、不思議に思った。

〈響さん、千茉莉さんと知り合いだったんですか〉

……しばらく返事が滞ったのは、図星だったからだろう。

〈知り合いだったといえなくもないこともなくもない〉

どっちだ……

〈私の配信に、一度だけ出てもらったことがあったんだよ。それで、連絡先とか交換した〉

〈配信とか、出るんですね。めちゃくちゃ売れてるアイドルでも〉

失礼な返事だったかもしれないと、送信してから気づく。

〈あー、その考えは古いよ？　売れっ子でも、テレビでやれないことをしたくて配信する人だっているしね。そもそもこの遠成響様は、配信者の中でも超上澄みだから〉

〈そうですね〉

〈……まあ、千茉莉ちゃん的には、誰か、配信に詳しい人とツテを作りたかっただけかもしれないけどさ！　配信が終わった後、自分でも配信を始めたいけど、登録とか機材とかどうしたらいいかって聞いてきたから〉

〈その配信って……〉

〈うん。一回だけ。観てもらった自殺予告。だから責任をさ、感じなくもなくもなくもなかったりして〉

だから、どっちなんだ。

〈まあそんなわけで、今度の討論会では自律主義者のやつらをぶっとばしてやりたいって願ってるわけさ〉

おどけた言葉を連ねる響に、葉は感心していた。たとえ響が配信の知識を教えなかったとしても、そこまで決心していた千茉莉が自殺を思いとどまるとは考えられない。たぶん、それも承知の上で心を痛めているのだろう。

〈見直しました。響さん、まじめに生きてない人だと思ってましたけど〉

リプを送ろうとして、止める。なぜだろう？　葉は今日会ったばかりの響に対して、誕生日プレゼントを渡しづらい家族のような気恥ずかしさを感じていた。

第二章　挑発とサッカーボール

ネットカシオの東京支社には複数の撮影用スタジオが併設されており、支社が制作を担当する番組は基本的にその中で収録が行われる。三月三十日の夕方、響と葉がこのスタジオを訪れたのは、他の出演者と顔合わせを行うためだった。

本日の響は、カーキ色のバルーンスカートとジャケットというおとなしめの服装で、髪の先端も染めていない。社会人モードというやつだろうか。サングラスだけ、サンバイザーと同じオレンジ色だった。待ち合わせて早々、格好を褒めるべきかなと葉は迷う。女の人のファッションを評価するのは、当然の礼儀だろうか。かなり年下の自分がそれを口にするのは、かえって気持ち悪いか？

「素敵ですね。普段の服装も」

迷ったあげく、さらりと言ってしまう。

「うわあ……心こもってねえー」

しかめっ面が返ってきた。心外だ。

「お世辞じゃないですってば。コメントの余地がない格好だったら、何も言いませんよ」

「じゃあ具体的には？　この組み合わせ、どこがぐっと来た？」

響はひらりと一回転した。

「……すいません。適当に言いました」

「認めるの早すぎるだろ！」回りながら、のけぞっている。「これは、宿題だね。今度会ったときは、真剣に評価して、褒めるように」

課題を出されてしまった。

気を取り直して、葉は周囲を観察する。同じスタジオでも、響が動画を配信するための個人用スタジオとはスケールが違う。ネットカシオの放送施設は、大勢のスタッフが行き交い、ライブイベントの前のような活気にあふれていた。そこで待っていたディレクターから、明後日《あさって》の本放送に向けて、軽いレクチャーを受ける手はずになっている。最初の十分くらいはアシスタントディレクターの女性が説明を担当していたが、途中でディレクターの久慈沢《くじさわ》という男に交替した。三十代半ばで日焼けした肌が漁師のように健康的な久慈沢は、この番組の司会も担当している。地上波放送に比べると現場のスタッフが主導権を握っているケースが多いネット放送では、企画を立案したディレクターがそのまま番組を仕切ることも多いのだと響が事前に教えてくれた。彼女に出演を打診したのもこの人らしい。

「うちの番組は観てくれてる？」

久慈沢の問いかけに、当然、チェックしていると葉は答えた。ネットカシオは料金を支払えば過去の放送も視聴できる。葉は番組出演を決めた直後に三回分の放送を視聴していた。番組の流れをあらかじめ把握したかったからだ。そのためレクチャーは知っている内容を再確認する形になった。

番組は、最初にその回のテーマについてＶＴＲが流れ、その後、討論会に参加するメンバーが入場する。全員揃《そろ》ったら今度は参加メンバーを紹介するＶＴＲに入り、それが終わったら、ディスカッション開始。ＣＭが入るため、間に二度のインターバルを挿んで、放送時間は合計、四十分。うち十分がＶＴＲで、残り三十分がディスカッションだ。

だいたいの段取りは理解している葉だったが、本来の目的である、顔合わせが始まらないことが気になった。

「じつはこの番組、討論の相手には当日まで会わせないことになっているんだよ。緊張感を保《たも》つためにね」

久慈沢が時計を眺めながら言う。

「じゃあ、今日俺たちが会うのは、自殺否定派の人だけですか」

三対三だから、会うのは一人だけという計算になる。

「本当はこの時間にまとめて説明したかったんだけどね。後でインタビューも録っておきたいけど、ＪＲが不通になってスタジオ入りが遅れると連絡が入ったもんでさ……控《ひか》え室で待っといてくれるかな」

言われるままに、立派な革張りのソファーが目立つ控え室で時間を潰《つぶ》す。慣れない場所で落ち着かない葉だったが、場慣れしているのか、響は平然とスマホをいじっていた。

十分ほど経って、細身の青年が入ってきたので、三人目はこの人かと考えたが、葉たちに一礼しただけで、別のソファーに重ね置かれていた台本らしき冊子の山になにやら書き込んでいる。デニムに白のTシャツというラフな格好なので、スタッフの一人なのだろう。さらに十分が経過したころ、ようやく待ち人が現れた。

「お待たせして申し訳ありません」

スポーツ刈りの青年は、入ってくるなり頭を下げた。違う、青年じゃない。精悍《せいかん》な顔つきだが、見覚えのある「六」の校章が入ったブレザーに身を包んでいる。間違いなく葉と同じ十代だ。身長は──相当高い。百九十センチは間違いなく超えている。

「箱川嵐《はこがわあらし》。六花台《りっかだい》高校で、サッカー部の主将を務めています」

部活終わりなのだろうか、大ぶりなショルダーバッグを抱えたまま、きびきびと話す。六花台高校はスポーツに疎《うと》い葉でも校章のデザインを覚えているくらい有名なサッカーの名門校だ。その主将なら、プロ入りが約束されているクラスの名選手だろう。

「サッカー少年かあ、意外」

響が眩《まぶ》しそうに見上げる。葉も同感だった。三人目の出演者は選出が難航していたとディレクターに聞いていたけれど、広い意味で葉や響も当てはまる、文系ジャンルから連れてくるものと思い込んでいたからだ。

スポーツマン……しかも半端《はんぱ》なスポーツマンではない。高校サッカーで注目されるような上澄み中の上澄みだ。日常で接触する機会が少ないタイプを目の当たりにすると、モデルとして小説に登場させるのはどういう役割がいいだろうかなどと葉は創作モードに入ってしまう。

サッカーを題材にした小説に使うとしても、主人公タイプじゃないよな。顔立ちが鋭すぎる。ライバル、いや、ラスボスだ。主人公チームが目標にしている全国大会に立ちはだかる名門校のキャプテンとか？　いや、これだと現実そのままかな……

そんな場合じゃないと創作意欲を振り払い、葉も自己紹介に入る。

「ええと、俺は雨宮葉。デビューしたばっかりの作家です。天才作家、雨宮桜倉の弟です」

「自分で言うかあ？　私は超有名ユーチューバーの遠成響、十六歳ないし二十歳でーす。よろしくね」

「よろしくお願いします」

ボケをスルーされた響は寂しげに目を泳がせていたが、すぐに気を取り直したらしく、

「それじゃー、さっそくだけど、本番に向けて作戦会議しよっか」

「ごめんなさい、少しだけお時間いただけますか？」

宗教の勧誘みたいな言葉をかけてきたのは、先ほどから部屋にいたスタッフらしき青年だ。

何か追加の説明事項でもあるのだろうか。葉たちは青年の近くに集まった。青年は、誤解をかき消そうとするように手をひらひらと動かした。

「あっ、勘違いしちゃいました？　僕、スタッフさんじゃありません。出演者なんです」

出、演、者？　葉が意味を図りかねていると青年は、

「僕も初めましてですね。長谷部組人《はせべくみひと》と言います。明後日の討論会で、君たちのお相手を務める三名の一角です」

普通の人、というのが長谷部組人に対する葉の第一印象だった。

無個性、と評するにはアクがなさすぎるだろうか。色白の肌に優しげな瞳は、ひと昔前に流行《はや》った「草食系男子」なんて言葉が似合う。ユニクロやＧＵ、無印良品のフ

アッションモデルに採用されそうな――しかもメインではなく女性モデルの隣に添えられる――無難《ぶなん》で、害のなさそうな容姿。

「どうしてここに？」観察した後、葉は冷静さを取り戻す。「本番まで顔を合わせないって決まりだったはずじゃ」

「はい。そういう指示でした」

組人は肩をすくめる。「でも僕たちは、社会規範を逸脱して死を切望するような人間なんです。ディレクターさんとの約束なんて、守らなくてもいいでしょう？」

今日は僕一人ですけどね、と背筋を伸ばし、周囲を見渡している。

「宣戦布告ってやつ？」響が楽しそうに両手の指を組み合わせる。「マンガとかでよくある、対戦相手の顔と器量を確かめに参りました、って展開？」

「それもありますけど、今回の目的は、主に提案です」

組人はソファーに置いていた冊子を取り上げた。彼をスタッフだと思い込んでいたときは、台本に見えていたものだ。

「確認したいんですけど。あなたたちは、生命自律を否定する考えなんですよね」

生命自律。陰橋冬が創案した、「自殺」にフィルターを被《かぶ》せた言葉。実際に信奉者から聞くと、活字よりひどい吐き気《はけ》を感じる。

「自殺を格好よく、素晴らしいことみたいに宣伝する人たちが大嫌いなメンバーだよ」

響が挑発的なトーンで応じる。ジャブを受け流すように組人は肩を揺らした。世慣れた感じだな、と葉は訝《いぶか》しむ。自殺を望む人間イコール社会に不適応な部分を持つ人間だと決めつけていたけれど、目の前の青年にそんな要素は見当たらない。

「素敵ですね。世界の美しさを信じていらっしゃるのですね」

組人は両手をハグの形に広げた。そういうあんたも人生に倦《う》んでいるようには見えないけどな、と葉は心で呟いた。考えてみたら、陰橋冬だって、水渡千茉莉だって社会的に一定の成功を収めた人間なのだ。彼らが奉じる「自殺」は失業者や高齢者が追い込まれるそれとは別の色をしているのかもしれない。

「大人気のユーチューバー。新人賞を獲得したばかりの若き小説家。輝かしい活躍が約束されているサッカー選手」

こちらの素性が割れている様子だ。青年が葉たちに向けてくる視線は、尊敬と称賛を混ぜたような無垢《むく》な色合いだった。傍《かたわ》らを見ると響も困惑している様子だ。嵐は最初から表情が険《けわ》しかったので、機微がわからない。

「世界は素晴らしいから、その世界を強引に脱出するなんて間違っている。だから僕たちを論破して、生命自律が世に広まることを阻止しようというのでしょう。でもね」

海外ドラマの手術に失敗したドクターを思わせる仕草で、青年は首を横に振った。

「それは不可能なんです。論破なんて、思いとどまらせるなんて至難の業です。それどころか、視聴者に対しても、僕たちの意見が正しいと印象付ける結果に終わるでしょう」

「弁舌に自信があるんだね」

揶揄《やゆ》するように口元を指さす響に対し、組人は応じるように指先を当てる。

「いえいえ、これは訓練の問題なんですよ。陰橋の『物語論と生命自律』を読んでから、僕たちは生命自律について思考を繰り返してきたんです。自分を終わらせる、完成させる営みは罪悪か？　規範が、慣習がそれを許さないからといって、それの実行は許されないのだろうか、悪とは、善とは死を物差しにして決めつけていいものか……考え、自問自答を繰り返してきたんです。でも君たちはそうじゃないでしょう？

サッカーや、動画配信や小説が毎日の大部分を占領している。だとしたら、この話題で僕たちに太刀打ちできるはずがない」

戻した指を、自分の胸に当てる。

「仮に僕たちの信じる生命自律思想が、歪んだ、邪悪な想念であったとしてもです」

「だから？」

響が身を乗り出す。この人、結構沸点が低いな、と葉はいまさら気づいた。挑発に乗らないよう、俺がしっかりしないと。

「あ、そうだ！」組人はぽん、と手を叩く。「自分から話の腰を折って恐縮ですが、提案の前に、お願いがあるんですよ！」

……脱線が激しい。だから何がしたくて来たんだ、この人？　葉が混乱していると、組人はソファーに積んであった冊子の山から、さらに一冊を引き抜いた。

ちょっと驚かされる。桜倉の遺作、『落花』だ。

「雨宮葉さん、こちらにサインをお願いできませんか？」

にこにこと差し出された単行本を前にして、葉はリアクションを迷う。

「……いや、これは姉の作品で、俺は関わってませんよ」

近日発売予定の未発表作品集には葉のパスティーシュが収録されるので、そっちなら葉のサインを求めるというのも理屈は通っている。しかしこの本に関しては、葉の筆は一切加わっていないのだから、サインするのはお門違いだ。

「本に名前をくれって言うなら俺の作品じゃないと。『ドラえもん』にサインをくれって言うのと変わりませんよ。というか俺、まだ単行本、出してませんからね。受賞した短編が載ってる雑誌くらいにしかサインできません」

「あ、それは結構です」組人は冷たく言い捨てる。

「僕、葉君の小説は読んでませんし、興味もありませんから」

「はあ？」声がけんか腰になる葉に、落ち着いてね、と響が肩をさすった。

「俺に興味がないのに、サインをよこせってわけ？」

「いけませんか？　亡くなったアーティストとか、作家さんゆかりの場所を聖地巡礼するファンっているでしょう？」組人は手にした本をオールのようにゆらゆらさせた。「巡礼先で、アーティストのご家族に会ったら、その人にサインしてもらいたくなりませんか？　その場合、ご家族が何をしていようと関係ないでしょう？」

「なるほど」

「わかっていただけたらこちらにサインを」

まったく「なるほど」ではなかったが、差し出されたペンを葉は受け取った。ここで怒ったら負けのような気がしたからだ。慣れない崩し字を、見返しに書き込んだ。

「ありがとうございます！　おっと」

差し返された単行本を、組人はわざとらしい手つきで取り落とす。床に落下はしなかったものの、つかんだ手が見返しに当たり、半乾きのサインがぼろぼろと崩れる。

「あっ、申し訳ない！　このペン、インクがとれやすいやつでした」

ほとんどサインが読み取れなくなった本を、興味が失《う》せたように眺める組人だったが、

「やっぱり要りません」

近くのゴミ箱に投げ捨てた。

葉は押し黙る。安い挑発に、乗ってやる義理はないからだ。それが、水位ぎりぎりだったとしても。

察してくれたのか、横の二人もノーリアクションを守ってくれている。

「えーと、どうでもいい脇道を許してください。本題に戻しますが、あなた方に勝ち

目はないんじゃないかなーって話です。生配信で無様《ぶざま》をさらすより、賢明な振る舞いがあるのではないか、と」

「しっぽを巻いて逃げろって、そういうご提案？」響がならず者のように胸を反らしたが、

「さすがにそれは、あなた方が気の毒じゃないですか。いくら勝ち目がないからって、敵前逃亡なんて笑いものになります」組人はソファーから取り上げた一冊目の冊子をこちらへ突き出した。

「これは僕が用意した討論の『台本』です。本番は、こちらに合わせて話を進めていただくことをお奨《すす》めします」

「なんだ、それ」

響も嵐も手を伸ばさなかったので、仕方なく葉が台本を受け取った。

「この台本の中では、いい感じに両者の議論が拮抗《きっこう》しています。生命自律を認めるか、拒絶するか……激論の末、僅差《きんさ》のロジックで僕たちが君たちを打ち負かすという展開です。これなら、君たちの評判にも傷が付きません」

台本を受け取った手が震える。

「八百長をやれって言うのか」

「花を持たせて差し上げる、という話ですよ」

自殺志願者の青年は、慈愛を押しつけるように微笑《ほほえ》んだ。

「社会的なステータスに恵まれているのはそちらです。僕たちに討論で惨敗したら、せっかく築いた名声が傷付くでしょう？」

お前たちは絶対に勝てない。だからお情けで惜敗を恵んでやる。

そういう話を持ち掛けられているのだ。

「応じていただけるのであれば、他の約束もできますよ。たとえば雨宮葉君、君のお姉さんの名誉回復をお手伝いするとか」

この瞬間までそこそこ冷静（自己評価）だった葉の精神状態に、たちまち暴風が吹いた。

「名誉回復？　あんたらが？」

「番組で、証言して差し上げます。僕たちが自律主義を選んだことと、雨宮桜倉さんの遺作の内容は無関係だと」

盗《ぬす》っ人《と》猛々《たけだけ》しいとはこのことだ。

そもそも陰橋の思想に賛同する愚か者が現れなければ、葉がここまで気をもむ必要もなかったのだ。せいぜい『落花』の結末に関して読者の解釈が分かれる程度で、不愉快だが訂正して回ろうとまでは思わない。

「雨宮桜倉の遺作はモデルの自殺を予言していた!」とか「『落花』ラストは悲劇? ハッピーエンド?」なんて煽《あお》り記事がぽつぽつネットで引っかかる事態になっているからこそ、葉は、姉の名誉を守ろうと苦心しているのだ。名誉回復なんてやって当然であり、交換条件に持ってくるなんてあつかましいにも程がある。壁にどろどろのペンキをぶちまけた加害者が、塗り直してやるから料金を支払えと要求するような厚顔だ。

怒りが危険水域を超えて、ふざけんなよとかぶち殺してやるとか叫びそうになる。しかし駆け出しとはいえ作家の矜持《きょうじ》が、葉に自制を促《うなが》していた。作品では読者を酔わせる美文を綴《つづ》っておきながら、ツイッターで気に入らない事柄に罵詈《ばり》雑言を撒《ま》き散《ち》らす作家を見て、ああはなりたくないと常々思っているのだ。

受け取った台本を投げ捨ててやろうか。いや、それも罵《ののし》るのと同じか? 葉が次の行動を迷っていると、視界の横で嵐が動いた。ショルダーバッグのジッパーを開き、何かを取り出している。

サッカーボール。

嵐が取り出したのは、普段の練習用なのか、色のくすんだサッカーボールだった。手を離す。そのまま落下すると思われたボールは嵐の胸元で軽く跳ね、滑《すべ》るように腹と足を伝って靴の上に吸い込まれた。ボールに意志があるように錯覚するほど、自然で、流麗な動きだった。

「サッカーをしよう」

それまでリアクションのなかった嵐から、唐突な言葉が飛び出した。響が硬直している。葉も反応が思いつかない。組人さえ、目を忙しく瞬《しばたた》いていた。

「あの、聞き間違いでしょうか。サッカー？」

「間違いじゃない。一勝負しよう」

サッカー少年がサッカーをすること自体に問題はない。でも屋内の、この状況で？

「ボールがあれば、どこでもサッカーはできる」

誰の了承も得ないまま、嵐の右足がボールをとらえた。鋭い動作には不釣り合いなほどゆったりした速度で、ボールは組人の足元へ向かう。

ぼつん、と軽い音を出して、組人はボールを蹴《け》り返した。やはり緩やかな速度で、ボールは嵐の足元へと返る。またボールが跳ねた。やわらかいタッチで、組人へと向かう。この動きが八回繰り返されたとき、葉は何が起こっているかを理解した。

おそらく、組人はサッカーに応じていない。最初の一蹴《いっしゅう》は、組人が蹴ったのではなく、嵐が組人の足に当てたのだ。その気もないのにサッカーを始めてしまった困惑にひきずられて、以降は反射的に足を動かしてしまっている。嵐が一方的に始めたサッカーに、組人は取り込まれているのだ。

いやこれ、本当に「サッカー」か？　名のあるサッカー選手が、サッカーに似て非なる何かを展開している。奇妙な時間は、ふいに途絶えた。嵐が右足の上でボールを止めたのだ。拾い上げ、ショルダーバッグに戻して丁寧にジッパーを閉める。

それから嵐は組人に向き直った。

「楽しかったか？」

組人は右の眉付近に皺《しわ》を作った。初めて見る不快そうな表情だ。

「……全然ですよ。一方的に遊ばれただけじゃないですか」

「そうだろうな。でも同じだよ」

嵐は指で葉が持ったままの台本を示す。

「君が俺たちに奨めたのはこういうことだ。その感覚を理解してもらいたかった」

きょとんと両目を見開いた後、自律主義者の青年は大きく口を開けて笑った。

「やられた、これはやられました！　ひっかけるつもりが、予想外の方向から殴られた……」

意味不明な感想を述べた後、葉たちに向かって一礼する。

「楽しくなってきました。そうですね、おっしゃる通り、今日は宣戦布告だけということで。本番は、徹底的に意見を戦わせましょうか」

ひっかける、つもりだった？

組人が去った後、まだつかんだままだった台本を、葉は開いて確かめる。

「やられた！」

「どしたの」のぞき込んできた二人に、葉は台本の中身を見せた。

中は白紙だった。

組人が現れたのは制作側にとっても予想外の出来事だったらしい。直後に控え室へ入ってきた久慈沢は、明らかに困惑していた。「勝手なことしてくれるなあ……」頭をがりがりとかきむしっている。番組の都合を考えてくれないゲストは扱いづらいのだろう。

インタビューが終わった後、控え室に戻った葉と響に対して、嵐が頭を下げた。

「先ほどは、出過ぎたまねをして申し訳ありませんでした」

「いいよ。私もかちんときてたしさ。向こうから一本取った感じで気分もよくなったし」

響が笑い飛ばす。葉も同感だった。

「そう言ってもらえると助かります」

嵐はもう一度頭を下げる。

「堅苦しいなあ。これから私たち、チームみたいなものだからさ。丁寧語はナシでいこう」

響が葉と嵐へ交互に視線を送る。いちばん年下の葉としては、とくに異存はない。

「それでは、お言葉に甘えて……さっそくだが提案させてもらう。本番も近いことだし、討論の中でどう振る舞うかを決めておくべきではないだろうか」

タメロに変えた嵐だったが、堅苦しさは変わらない。とはいえ話は的を射ている。

「今回は強引にあしらったものの、長谷部組人、論争の相手としてはかなり手強《てごわ》そうだった。おそらく、残り二人も油断ならない連中だろう」

「まあ、残りもザコなわけないよね」

置き土産《みやげ》の台本を、響はぶらぶらとつまみあげる。

葉も白紙の台本を見たときは冷や汗をかいた。もしあのとき、八百長に応じていたらどうなっていたか。白紙の種明かしをされて憤ったところで、論争を始める前の時点で負けを認めたも同然の状態になってしまうのだ。敗北感を植え付けられたまま本番に臨むことになり、議論に勝利するなんて不可能に近いだろう。

自殺志願者という先入観から、後ろ向きというか闘志に欠ける相手を思い浮かべていたが、改める必要がありそうだ。こちらも態勢を固めておいた方がいい。

「この討論番組、公平に見えてそうでもないと思います……思う」

年上相手のタメロに苦戦しながら、葉は気づいた点を指摘する。「俺たち三人、自殺する人間が気にくわないってだけでバックボーンもばらばらだよね。でも相手の人たちは、同じ思想の持ち主で、共同生活を送っているというから気心も知れているはず。論争で、連携してくるのは間違いないよ」

「じゃあ私たちも交流を深める……って言っても二日じゃどうしようもないけどさ、せめてこの点だけは共有しておこう。あの人たちの自殺を、どうして止めたいかって話」

響の声が、少しだけ深刻な色合いになる。

「私は千茉莉ちゃんがちょっとした知り合いだったことと、他には、単純に、気に食わないって理由です。正確には、気に食わないが六十パー、お仕事の邪魔になるからが三十パー、千茉莉ちゃんが十パーってところかな？　ホラ、私って知的で思慮深いから、視聴者もそういう人が集まるじゃない？　陰橋に影響されがちなのはそういう若い子たちだから、私のお客さんたちを自殺させたくないんだよね」

「実際にいたの？　自殺した人」無遠慮かと思いつつ、葉は訊《き》いてしまう。

「わかんない。ファンイベントとかでない限り、顔は見えないから。でも可能性はあるよね」

「俺は……響さんは知ってるだろうけど、いちばんの理由は、姉の評判を落としたくないから」

葉も思うところを口にする。「下手したら、姉の書いた小説のせいで大勢の死者が出るような構図になってしまう。それは許せないし、そもそも自殺を肯定する思想なんて、なるべく広がってほしくない」

「俺も同じような理由だ」

嵐は再びショルダーバッグを開き、中から一冊の文庫本を取り出した。『物語論と生命自律』だ。

「部活のOBが自殺した。その人は将来を嘱望されていたストライカーだったが、大学リーグでは、成績不振で落ち込んでいたんだ。そうなる前、先輩はこの本の内容に共感できる部分があると語っていた」

文庫本をめくり、探し当てたページを読み上げる。

「絶頂に立つ者は信じたくないことだろうが、栄光も、天才的才能も、いつかは衰える。あるいは予期せぬ陥穽《かんせい》によって奈落《ならく》の底へと落ちる。ならば幸福とは、絶頂のまま、あるいは絶頂に翳《かげ》りが差した時点で光を永遠に保つことだと断言できる。永遠とは、すなわち死だ」

ゆっくりと本を閉じ、膝《ひざ》の上に置いた。

「先輩はおそらく、この記述に惹かれて死を選んだ」

「それ、嵐さんも共感する？」

同じ競技のスポーツマンなら通じるところもあるかと訊いた葉だったが、嵐は首を縦に振らなかった。

「いや、俺にはさっぱり理解できない。俺は試合で勝ったり部活でレギュラーを獲《と》ったりが究極の目標じゃないからな」

……名門校の主将とは思えない発言だ。

「本質的に、俺はボールを蹴る行為自体が楽しくてサッカーをやっている。だからサッカーという競技が廃《すた》れても、ある程度は我慢できるかもしれない」

先ほど組人に強制していた「サッカー」を観る限り、納得の発言だった。

「とはいっても、試合や部活動自体にもそれなりの楽しみを見出しているし、そこに自分の存在意義を見出しているチームメイトやＯＢの気持ちも理解しているつもりだ。それらを失うことを恐れる心境も、ある程度はな」

だから陰橋冬の思想を危険視しているのだと嵐は語る。

「学者でも医師でもない俺の勝手な見立てだが……自殺には二種類あると思う。一つ目は追い詰められた果ての自殺。貧困や、家庭環境やブラック企業に精神を削られて、正常な判断力を失って選択するものだ。二つ目は、あえて行う自殺。自分の存在意義や、自尊心を守るために実行する自死だ。優劣を付けるなら、二つ目の方が悪質だと思う」

「二つ目は、自殺を素晴らしいものと考えているから？」

葉が先取りすると、嵐は重い動作で頷いた。

「世の中、大事にするもの、重視する基準は様々だろう。俺の価値判断が絶対だとうぬ惚《ぼ》れるつもりはない。それでもなお、死を金メダルのようなものだと触れ回る思想は、褒められたものではないと断定したい」

「うんうん、私も大賛成」響が同意するように首を伸ばした。

「久慈沢さんに声をかけてもらったとき、そんなわけで俺は断らなかった」

「三人目がどんな人なのか気になってたけど、嵐君が入ってくれてよかったわ」

響は右手を上げる。近付けた手のひらに、嵐はハイタッチで応《こた》えた。なんとなく続けた方がいいと思った葉も、二人と手を合わせる。

「えーと、もう一度整理するね。私たちは、陰橋冬の生命自律思想が気に入らない。

そんな中、陰橋の信奉者たちと議論を戦わせる場に誘われたから、彼らを打ち負かして、世間に自律思想が広まるのを阻止したい。ここまでは合ってる?」

視線を動かす響に、葉も嵐もそうだと答える。

「問題は、別に討論番組がポイント制とか、投票で視聴者の判断を仰ぐシステムじゃあないってこと。私たちが相手のロジックを上回ったつもりでいても、視聴者の関心を得られなくて、結局自律思想が広まっちゃったら意味がない。番組の中で、私たちは自分たちが正しいように、自殺を肯定する思想が格好悪いように印象付けないとダメ。まあつまるところ、それは優れた論陣で相手を抑え込まなきゃって話に戻るんだけどね……さっきも話に上がったけど、私たちは急造チームだから、連携を取るのは厳しいかなあ」

「でもそういうのって、スポーツだと結構出くわす場面じゃない? 選抜とか、混合チームとか」

葉はオリンピックやワールドカップを思い浮かべて訊いた。あそこで戦っている人たちは、普段なら別々のクラブチームや大学でプレイしている面々のはずだ。「競技と論争じゃ勝手は違うだろうけど、あまり知らない人と協力するとき、どう動かしてるの」

「俺の経験上だと、要《かなめ》を決める」

嵐は頭をかきまぜるように指でこめかみを押しながら、

「混成チームの何がうまく行かないかというと、チームの支柱が決まらないところだ。そこで暫定的に、この人に中心的な役割を任せるという大枠を作り、残りはフォローに回らせる。俺も、選抜チームの監督も、だいたい初めはそういう回し方だった」

「私たちに当てはめると、誰か一人だけが議論に参加するとか？」響が手を上げる。

「それでは三人いる意味がない。誰かが自説を集中的に口にしている間、他の二人は補足に回る、という感じが無難だな。たとえば響さんと相手が討論している間、俺と葉君は基本的に沈黙を守る。その上で相手や響さんに失言がないかをチェックしつつ、適宜、口を挟むとか」

「それで私のロジックが相手を言い負かすことができなかったら、嵐君に交代して、今度は私がフォローに回るわけね。先鋒《せんぽう》・次鋒《じほう》・中堅みたいな感じだね。すっきりしてるかも」

奇をてらわない、堅実な戦法だ。葉も異存はないと表明した。

「話を振る順番についてだが、俺を一番手にしてもらえないだろうか」嵐が再び提案する。「俺は今日が初対面だが、二人は前からの知り合いなんだろう？　連携は難しいと言ったばかりだが、二人の間なら成り立つかもしれない。アンカーを務める自信もないしな」

俺たちも最近知り合ったばかりなんだけど……と口を挿みかけた葉だったが、響がそれでいいと言いたげにウインクしたので止めにした。

「大枠はこれくらいにして、ここからは細部を煮詰めようか」響は控え室の入り口に目をやった。「具体的にどういう話で相手を追い詰めるか……話はここじゃない方がいいかもね。長谷部君、どっかで聴き耳を立ててたりして」

自宅に戻ったのは夜八時過ぎだった。今日も両親は不在。レトルトのカレーを頰張《ほおば》りながら、葉は物思いに沈む。

あれから、響の個人スタジオに移動して、当日に向けての細かいすり合わせを行った。相手に怯むことなく堂々と持論を披露すれば、視聴者に悪い印象は与えないだろう。

　だが、自律主義者たちは、いずれ自殺を実行するつもりだと公言しているらしい。彼らを思いとどまらせるほどの弁舌が、自分たちに宿っているとまでうぬ惚れることは難しい。

　何か、彼らに通用するロジックが手に入らないだろうか……ソファーに横たわり思考を転がしていると、次第に瞼《まぶた》が重くなってきた。

　葉は夢と睡眠を重視している。脳の休息と、脳内のイマジネーションの爆発。どちらも創作活動に深く関係があると言えるから、気になるのも当然だ。自分が眠りに落ちる瞬間のことを葉はある程度把握できる。目を閉じて、どこでもいいから風景を思い描く。繰り返しているうちに、風景が「思い描く」というレベルではなく、リアルな光景として瞼の裏に現れる。これが眠りの一歩手前だった。ここで風景を凝視していると夢へと誘われ、眠気に身を委《ゆだ》ねると、熟睡へと落ちる。今晩の葉は、風景を眺め続けることで、夢の世界を選んだ。

　ここは病院だ。入院したばかりの桜倉、命を落とす半年前の桜倉が、葉の前にいる。正確には、病院の中庭。木々が夏の日射しを遮《さえぎ》ってはくれるものの、入院患者がくつろぐにはためらいを感じさせる伸び放題の雑草地帯だ。その中央に、飾り気のない円形の白いテーブルが埋もれかけている。このテーブルでお茶会をすることが、桜倉と葉、そして「リナちゃん」という女の子のお気に入りだった。

華道の家元として高名な吉坊《きちぼう》家の流れを汲《く》むお嬢様だというリナちゃんは、大仏みたいな天然パーマと肥満体の持ち主で、仏様にも令嬢にも似合わない乱暴な口調で嚙《か》みつくように喋《しゃべ》る人だった。交通事故で骨折した腕のリハビリ目的で通院していた彼女と葉たちが出会ったきっかけは、桜倉の小説だった。姉は、病室でも小説を書き続けていた。気まぐれな桜倉はノートパソコンとメモ帳と原稿用紙をその日の気分で使い分けており、書きなぐった原稿が病室の外へ飛び出したこともある。その原稿を拾い上げたことがきっかけで、桜倉のファンになったのがリナちゃんだった。

あっという間に桜倉の全出版作品を読破したリナちゃんは、桜倉のベッドに張り付き、原稿を読《よ》み漁《あさ》り、時には眠る桜倉の横で、パソコンのデータをのぞき見さえしていた。おそらく作家・雨宮桜倉の創作を隅《すみ》から隅まで把握していたのは、桜倉自身を除くと、リナちゃんしかいなかっただろう。このとき、すでに姉と同じ道を志していた葉でさえ、そこまで桜倉の原稿に執着してはいなかった。

執筆に疲れると、桜倉は葉とリナちゃんを誘ってお茶会を催した。病院で手に入る食器も、茶葉もありふれたものにすぎなかったけれど、日常から外れた場所にある病室で、もう一枚、非日常を張り巡らせて楽しみたかったのかもしれない。

いつもリナちゃんは、葉を執事扱いして無茶なオーダーをよこした。

「セバスチャン、ジンジャエールを一杯頼む」

「執事がセバスチャンって、ベタすぎない？」

「執事の名はセバスチャンって決まってんだよ。本名が田中正造《たなかしょうぞう》でも、執事になったら、呼び方はセバスチャンだ」

「なぜ田中正造……」

ある日、本当に葉がジンジャエールを用意して行くと、ひどく驚かれた。

「ガキがお酒なんて作っちゃだめだろうが！」

「お酒？」

ジンジャエールはショウガと砂糖と炭酸水で作った清涼飲料だと伝えると、無知が恥ずかしかったのか、リナちゃんは珍しく真っ赤になった。年齢は葉と姉の中間くらいだったはずだけど、子供っぽいところのある人だった。

しかしお茶会を楽しめたのも初秋までだった。

寒さがこたえる季節になると桜倉は執筆速度が次第に衰え、床に臥《ふ》せる日が多くなった。

「もう、だめかもしれない」

あっけらかんと、桜倉はギブアップを宣言する。「死んだら、全集とか出版してもらえるのかなあ」

「……出るんじゃない。これまでの姉さんの売り上げだったら」

「赤版と青版を作って、それぞれ最後に入ってる短編だけ違うとかにしたら売れるかな」

「ひんしゅく買うと思う」

「じゃあ、『お買い上げ先着十名に、作者の遺骨プレゼント!』とか!」

「ドン引きだよ……」

「リナちゃんは、どんなのがいいと思う?」

それまで死亡ジョークにツッコミを入れかねていたリナちゃんに、姉は話を振った。

「あたしは文字が大きめの本がいい。ケガでしんどいと、小さい文字を読むのがつらくてさあ」まじめに答えたリナちゃんは、感情を笑顔で隠すような顔だった。

「あー、それはわかる。私も最近そうだしね。フォントは大きく……でもそうすると本自体のサイズが変わっちゃうかな。あんまりでかいと持ち運べないし、普通の単行本よりちょっとラージサイズくらいがぎりぎりだね」

遺言とかも考えとかないとね、と桜倉は悲愴感のない笑顔を見せる。

「遺言っていうより、最後の言葉。いちおう文学者のはしくれだから、気の利いたやつがいいなあ」

桜倉はスマホをいじり、偉人の最後の言葉を探しているようだ。

「画僧の仙厓義梵《せんがいぎぼん》は格好いいよ。最後に『死にとうない』って呟いたんだって」

「それはたしかに斬新《ざんしん》だけど、パクりはだめだよ」

葉が律義に突っ込むと、桜倉はゆっくり肩をすくめた。

「鳥獣戯画で有名な鳥羽僧正《とばそうじょう》もクールだよ。財産分与を気にする門弟たちに、『腕力によるべし』って言い放ったんだって」

ロクでもないお坊さんばかりだが、参考にはならない。まじめに考えるつもりがあ

るのか葉が疑っていると、桜倉は目を閉じ、しばらく黙った後で、

「決めた。全然関係のない言葉で終わりにする。死ぬときにそれはないだろうって単語」

「どんな？」

顔を近付ける葉に、まるで最高の答えを得たようなやわらかい笑みで、桜倉は言い放った。

「おっぱい」

葉もリナちゃんも、さすがに言葉が出なかった。

「決まり、決まり！　作家、雨宮桜倉の最後は『おっぱい』で締めくくる！　後世の伝記作家、困惑間違いなしだね！」

最悪の思い付きを撤回させるのに、葉とリナちゃんは半日を費やしたのだった。

十二月に入り、坂道を転がるように姉は衰弱していった。後々になって思い返すと、あるいは桜倉も、あの変異ウイルスに罹患《りかん》していたのかもしれない。元々の肺炎と重なることで、より病状が悪化したとも考えられるが、今となっては検証も困難

だ。いずれにせよ、運命は天才作家をえこひいきしてくれなかった。中旬に入ると姉は病室を出る気力も失われ、たまに車イスを使っても、廊下の窓から空を眺めるだけだった。

「あの蒼空《あおぞら》、極《きわ》みはいずこであろうのう」

「それもパクリだろ」冗談を言われても、葉は笑えなかった。

呼吸を止めた夜、姉が気にかけていたのは、葉が書き始めていた小説のことだった。

「どれくらい、書いたの？」

枯れ葉がかするような声で、桜倉は弟に問いかける。

「……あんまり。足踏みしてる。何を書くべきなのか、はっきり決められないんだ」

死の床の姉に対して、葉はアドバイスを期待していた。身勝手だったが、姉の才能に近づこうとすることが敬意の表明だと信じていたからだ。

けれども枯れ葉の声は、優しくたしなめる。

「書けなかったら、書かない。それでいいんだよ」

突き放されたと感じた葉は、なんでだよと、問い詰める。五分、十分、沈黙が続いた後で、答えが流れてきた。

「たかが小説だからね。命や、自分の大事なものを懸けたりするものじゃないんだよ」

それが作家・雨宮桜倉の最後の言葉だった。

桜倉は弟の文才に見切りを付けたのだろうか？　それとも、創作は苦痛を伴う行為で、あえて茨《いばら》の道を進むことはないと遠ざけたかったのか。

でも生前の記憶の中の桜倉は、喜びを露《あらわ》にして物語を綴っていた。歌うように、軽やかにだ。

姉さん、本当は何が言いたかったんだよ。

一ヵ月ほど経って、葉はリハビリの一環だというリナちゃんに誘われて病院の裏手にある丘陵へハイキングに出かけた。すでに郊外でも、行き交う人たちはマスクに覆《おお》われている。葉たちも同じだった。

体力に自信がないというリナちゃんに従い、丘の中腹で引き返すことにした。錆《さ》びた手すりの展望台で一服する。もう夕暮れ時だった。ふいにリナちゃんが手すりにはめ込まれた鉄格子をつかみ、揺さぶった。

「病室からさ、双眼鏡で見えたんだよ。この手すり」

がたがたと鉄棒を揺らしながら言う。ネジが緩んでいたのか、鉄棒の一本があっさりと外れた。渋柿《しぶがき》の色に変色しているそれを、リナちゃんは無造作に放り投げる。眼下には病院が見えるが、遮るように広がる灌木《かんぼく》にぶつかり、鈍《にぶ》い金属音が響いただけだった。

「危ないな、誰かに当たったらどうすんの」

「当たってもいいだろ」

リナちゃんは明るく言い放ったが、瞳は沈んでいる。

「なんかあったの？」

葉がのぞき込むと、リナちゃんはおもむろにマスクを外した。前歯が一本、欠けている。

「親にやられた。ひでーよな。腕がくっついたばかりだってのにさ」

こっちも一本、お返ししてやったけどな、と隙間《すきま》を触る。「面倒くさいマスクにも、用途はあるってことだ」

意外だった。リナちゃんの家族とは何度も顔を合わせている。少し話した限りでは、温厚そうな人たちだったのに。

「世の中ゴミばっかり、クズばっかり。でもあんたの姉さんは特別だったよ。それなのにあたしは治って、桜倉はだめだった」

病院を見下ろすその視線は、たぶん、すべてを軽蔑している。

「こんな世界、みーんなぐちゃぐちゃになっちまえばいいのになあ」

葉は後ろめたさを覚えた。桜倉の死が、リナちゃんを絶望させている。一方の自分は、そこまで追いつめられてはいなかった。

「なるんじゃない、ぐちゃぐちゃに。ウイルス、広がりそうだし」

葉は軽口で応じたが、

「ありふれてるじゃんウイルスなんて。どうせなら、もっと派手にぶちこわしてほしいよ。ぱーっとさ」

「たとえば？」

「怪獣とか、宇宙人とか。もっと笑える何かだったらうれしかった……あー、やっぱ何にだって任せたくねえな。あたしの手で、まるごとスクラップにしてやりたいよ」

こんな世界いらね、とリナちゃんは乾いた笑顔を空に向ける。

そんな願い、叶えられないだろう。だからこそ葉は心配になった。めちゃめちゃにしたいと思い立ち、無理だったら、その人は自分の周囲だけをめちゃくちゃにするかもしれない。

明日の新聞に、少女Aの凄惨《せいさん》な犯行が掲載される可能性を想《おも》い描き、それはいやだな、と脳みそを絞る。姉の死で、自分以上に苦しんでいるこの人を、葉は失いたくなかった。

こんなとき、桜倉ならどうやってなだめるだろう？

決まっている。

「あるところに、世界を憎んでいる女の子がいました」

「なんだよ急に」

目を白黒させるリナちゃんをよそに、葉は組み立てた言葉を吐《は》き続ける。

「少女がそんな思いを抱いた理由は、大好きだった絵描きさんが病気で死んでしまったからでした。女の子は、尊敬していた絵描きさんの命を奪ってしまうような神様を恨み、神様が造った世界も憎みました」

「あてつけか?」

リナちゃんの声が硬度を増したが、気にしない。

「少女は、世の中をゼロに戻す方法を探していましたが、簡単には見つかりません。ある日、コンビニの安売り棚に、不思議なものを見つけました。それは、ありふれたパンの包装を縛るプラスチックの部品で……」

即興なので、頭に思い浮かべた製品名がわからない。あれ、なんて言うんだっけ?

「プラスチックの、水色や白とかのやつで……」

「バッグクロージャー」

スマホ片手にリナちゃんが教えてくれた。そんな格好いい名前なのか……

「最初は、工場かどこかのミスだろうと思いました。食料品を縛るものとしては珍しい、黒いクロージャーが混じっていたのです。ただ黒いだけではありません。地獄のコーヒーみたいな、恐ろしさを感じるくらいの暗黒でした。どのお店、どの棚にも入っているわけではありません。一日中コンビニやスーパーを探し回って、そのクロージャーに縛られたパンが見つかるのは一つ程度でした。しかも不思議なことに、そのクロージャーが黒く見えるのは女の子だけで、店員や友達の目には普通の水色に映っているらしいのです」

リナちゃんは黙ってこちらを見つめている。興味を引いたことに満足した葉は、さらに物語をこね上げた。

「真っ黒は、自分にしかわからないしるしかもしれない。世の中を憎んでいる人にしか見えない合図かもと考えた少女は、黒いクロージャーが封をしているパンを買い求めました。でもどうしていいのか思いつかなくて、絵描きさんが、元気なとき写生をしていた展望台に登りました。夕暮れ時でした。オレンジと青紫が重なる空は、少女にとっては不愉快な、世の中を侵した毒の色でした」

同じ色をした空へ、葉は手を伸ばした。

「ふと少女は、絵描きさんがパンをちぎる光景を思い出しました。デッサンで、木炭を使うことがあります。木炭の黒を消したり、調整するとき、パンをちぎってやわらかいところで消しゴムみたいにこするのです。少女は、木炭の黒にも似ているクロージャーのパンを一ちぎりした後、夕空へかざしました——」

日没が始まった空を、葉はリナちゃんと一緒に眺めている。

「すると、どうしたことでしょう。スケッチブックの上を動かしたみたいに、パンは空を滑り、夕焼けをかき消してしまったのです」

葉は藍色《あいいろ》に沈む空を見据えた。リナちゃんは無言のままだ。

「その特別なパンのひとかけらは、世界の消しゴムでした。女の子は、太陽を消してしまったことを悟って怖くなります。なんて間違いを犯したのだろう。絵描きさんは、いつでも美しい風景を描いてくれたのに、私はその風景を壊しちゃった！　後悔しても、手遅れでした。太陽を失った世界は、あっと言う間に凍《こお》り付《つ》き、死の世界へと変わり果てました。女の子の憎しみは、パンの形をした呪いになって、全部を終わらせてしまったのです」

夜がやってきた。

けれども、辺りは闇《やみ》に包まれない。展望台や散策路の常夜灯がたちまち作動したからだ。リナちゃんははじめて文明にふれたみたいに、それらに視線を注いでいた。

「おわり」

宣言すると、ようやくこちらを向いた。

「終わったか」

「どうだった？」

「悪くはなかったかなー。細かいところ、色々粗いけどな」

そこそこ辛口だが、比較の対象が桜倉だから仕方ない。

「終わらせたよ、世界を」

葉がゆっくり話すと、リナちゃんは不意をつかれたみたいに目を瞬いた。

「俺が、世界を終わらせた」

「ああ」

「これでリナちゃんは、世界をめちゃくちゃになんかしなくていい」

瞬きを繰り返す両目が潤《うる》んだように見えたけど、街灯の乱反射だったかもしれない。

「ははっ」

鳥みたいに笑みをこぼし、リナちゃんは小石を蹴った。

「帰るか」そのまま来た道を下り始める。

道すがら、リナちゃんは家族ぐるみで遠くへ引っ越すと語った。今日のハイキングはお別れの記念だと言う。葉は、転居先を聞かなかった。程なくして二人が連絡に使っていたSNSも、解約されてしまった。

連絡を取るよう、強引に迫れば関係は途絶えなかったかもしれない。けれども葉は、桜倉の死に整理をつけたリナちゃんが、自分の意志でもう一度会いに来てくれる未来を期待していた。しかし何年経っても、便りは届かなかった。

これが、自分の限界なんだなと葉は思い知る。後に発売された桜倉の全集は、リナちゃんの意見を取り入れてフォントとサイズをやや大ぶりにしたものだったけれど、送り付けた吉坊家から返事は来なかった。

あの展望台でしてあげたことは、たぶん、無意味ではなかった。葉が即席で紡いだ物語は、おそらく、少しは自暴自棄からリナちゃんを救い出した。けれどももう一度会いに来てくれるほど、決定的な救いにはなり得なかったのも事実なのだろう。

俺が、桜倉じゃないからだろうか。

桜倉になりきることができたなら、桜倉の文才と同じ高さにのぼりつめたなら、リナちゃんは帰ってきてくれるのだろうか?

桜倉が最後に告げた言葉の意味についても、対等の二人として語り合える日が訪れるのだろうか。

二つの喪失に傷つくでもなく、怒るでもなく、ただ毛布で丁寧にくるむようにそれらを抱え続けながら、葉は数年を過ごした。

あのお茶会は、俺が思っていた以上の宝物だったんだな、と葉は振り返る。緑、白いテーブル、ジンジャエール、錆びた手すりと木炭の黒。桜倉も、リナちゃんも、書くことの謎《なぞ》を残したまま、どこかへ消えてしまった。すがるように手を伸ばしながら、葉は深い眠りへと落ちていく。


意識の狭間《はざま》で、葉は疑念を呟いた。

——本当に、桜倉は無自覚だったのか？

氷が転がったように、目が覚める。ソファーで下敷きにしていた右腕がだるい。

それは昨日今日の思い付きではない。葉の中で、長い間燻《くすぶ》っていた発想だった。

人間心理の描写についても定評を得ていた桜倉なら、陰橋の末路も予想がついていたのでは。なにしろ小説のモデルなのだ。物語を書く上で参考にした範囲内では幸運に恵まれていたとしても、いずれ、社会が傾いたとき、ネガティブな方向に流れてしまう精神構造だと見抜いていたのではないだろうか。だとしたら陰橋に傾倒する読者が現れることも予想の上だったとも考えられる。予想した上で、フォローする文章を残さなかったとしたら……そうなっても構わないと諦《あきら》めていた、あるいは積極的に願っていたのでは？

遺作を書き上げて一ヵ月後に桜倉は死んだ。おそらく、エンドマークを入れた時点で、長くは生きられないと確信していたはずだ。

元気だったときは夢・希望・勇気を物語に織り込んでいた彼女が、病苦や死への恐れを経て最後の最後にその信念を裏返し、読者を道連れに望んでいたとしたら——作り話の少女や、あのときのリナちゃんのように、暗い想念を物語に織り込んでいたとしたら——

（俺は、どうしたらいい？）

葉はＬＥＤライトを見上げた。善でも悪でもない昼白色は、ただただ、無造作に夜を照らしている。

第三章　自殺討論会

◆

自室でスマートフォンの充電器を捜していた陰橋冬は、ふいに気付き、苦笑した。滑稽《こっけい》だ。いまさら、携帯電話に何の未練があるというのだろう？　あと数時間後には自死を実行して、全てを終えるつもりでいる人生だというのに。

ノックの音に振り向くと、開かれたドアの向こうに弟が立っていた。青白い顔から軽蔑が漂っている。

「兄さん、本当に死ぬの」

「死ぬさ。仲間たちと約束したからね」

揺るぎない決意を伝えると、弟は吐息を漏らした。

「死にたかったら、一人で死んだらいいじゃないか」

死を選んだこと自体は非難されていないと知り、冬はおかしくなった。

「一人で死ぬさ。ひとりぼっちたちが、集まって死ぬだけだ」

「詭弁《きべん》だ」

弟の声には容赦がない。

「兄さんに賛同して死にたい人たちが何人いるか知らないけどさ、彼らは自分で死に方を選んじゃいないだろ。兄さんの言葉を借りるなら、兄さんの物語に囚われているだけだ……」

「そうかもしれない」

冬は繕わなかった。

「私は、私自身が納得できる終わりを迎えたいためだけに、他人を巻き込んでいるのかもな。しかし、それはそれで自由じゃないか。人間には、他人に巻き込まれて自死を選ぶ権利だって残されている」

「最悪だね」

ぴしゃりと断ち切った後、弟は挑むように言い放った。

「せめて、死にすがるときくらい、人はなにもかから自由であるべきだ。兄さんのやり方は、生に踏みとどまる者も、死に逃げる者も侮辱している……もういいさ、好きに死んだらいいよ。いずれ、僕は兄さんがばらまいた死を否定してやる」

どんな手段を使っても、と弟は付け加えた。

静かに閉ざされた扉を冬は眺める。ドアノブがひやりと冷たかった。

◆

葉は中古のボックスワゴンに揺られている。隣でシートベルトを装着しているのは嵐。運転席には響。今日は討論番組の当日だ。最近免許を取ったばかりだという響が、二人の送迎をかって出てくれている。先日は地味ないで立ちだった響だが、本日はグリーンのスキニーに光沢のある黒のノースリーブという、活動的な格好だった。

「攻撃的で、鋭さのあるファッションですね」

葉が端的な評価を伝えると、前方の響は、頭を少しだけ揺らした。

「……ああ、この前の宿題だ。葉君、まじめだねえ！」

「忘れてたの？」葉は呆《あき》れる。「今、いっしょうけんめい考えたのにさ！」

「あんな軽口を覚えてたんだ」座席越しに、華奢《きやしや》な肩が弾む。「かわいいなあ！」

葉は不機嫌になった。前にも思ったが、年上から投げかけられる「かわいい」は必ずしも賞賛じゃない。小動物を、上から撫でるような言い回しだ。俺は怒っているのだろうか。対等に接してもらいたいのか？　番組で一緒になるだけのこの人に？

つまらない心のゴミだと振り払って、葉は持参したノートパソコンを開く。ブラウザを立ち上げて確認しているのは、大規模書店のホームページだ。この書店のウェブは検索した書籍の在庫冊数を確認できる。冊数が多ければ人気作品というわけでもない。たとえば百冊と表示されていた在庫が翌日には五冊に減り、翌々日にはまた百冊に戻っていた、というような場合に売れ行きの良さを証明してくれる。

(よし、最近もコンスタントに売れているな)

葉が検索しているのは当然、桜倉の全集だ。死後何年経っても、桜倉が世の中から忘れ去られていないと再確認できる。

「そのパソコン、結構古いね。ウインドウズ7だし」

ルームミラー越しに響の眼《め》が見つめてくる。「作家さんって、最新のやつを使うものだとばかり思ってた」

「ああ、これ桜倉が使っていたパソコンなんだよ」葉はさらりと答える。正確にはそのうちの一台だ。主に入院前の愛用品だった。

「そんなに使いやすいやつなんだ」ミラーの眉間《みけん》に、なぜだか皺が寄る。

「あんまり。姉が使っていたから使うしかないだけで」

「えっ……」

「ほら、俺、姉の作品を引き継ぎたいと思ってるからさ、執筆するときの感覚を共有したいんだよ。同じキーボードを叩くことで、同じ刺激が脳に伝わるかもしれないって」

「ゴメン、ちょっと言っちゃっていい？」

少しだけ言葉を止めた後で響は覚悟したように、

「葉君……正直、気持ち悪い」

「なんでだよ」心外だった。「姉の愛用品を引き継ぐことで、姉の身体感覚を理解しようとしてるだけじゃんか」

「いやあ……その発想自体が怖いよ」ハンドルを持つ手が若干ぎこちない。

そんなこと言われたのは初めてだと葉が動揺していると、それまで黙っていた嵐が爆弾を投じた。

「女装とかもしているのか？」

「えっ」意味がわからない。「女装？　どこから出た発想？」

「いや、今の話の流れから推測すると、お姉さんの服とかを着て、身体感覚とやらを共有しているのかなと考えただけだ。違っていたらすまない」

「女装――」

「うわ、葉君、『その手があったか』みたいな顔してるよ！　似合うかもしれないけど」

「思ってないしする予定もないよ！　だいたい、女装したところで姉の感覚がつかめるとは思えないでしょ。理解できるのは、『女装した人』の気持ちだろうし」

「じゃあパソコンも同じじゃん……」

響は納得してくれない様子だ。葉の中では、明確な境界線があるのだが。

「葉君、ねじくれたシスコンだねえ」

「シスコンじゃないし、ねじくれてもないよ！」

抗議するが、取り合ってもらえない。

「そんな葉君に、これからひどいことを訊くね」

ふいに響の声色が下を向いた。葉は戸惑う。これまで聞いた中で最大にシリアスなトーンだった。

「全部、お姉さんの目論見《もくろみ》通りだったらどうする？」

シートベルトがかちゃりと騒ぐ。

それは先日、よぎったばかりの危惧《きぐ》だった。

『落花』のラスト、あのぼんやりした書き方が、本当は陰橋の暗い末路を予測したものだったとしたらどうだろうね？　桜倉さんは望んでいたのかも。陰橋がろくでもない考えにたどりついて、興味を持った読者もひきずられて……呪いを、広告みたいに振りまきたかったのかもよ」

「今指摘する話か？」

かばうように嵐が割り込んできたが、響は怯まない風だ。ステアリングをがっしりとつかむ。

「今じゃなきゃダメな話じゃん。私も嵐君も、陰橋の子分たちに自殺を思いとどまらせたいけどさ、葉君は、それがお姉さんの望みだったら、どうぞどうぞって結論になっちゃわない？」

「そうはならないよ」

間髪容れずに、葉は答えた。

迷いもしなかったのは、先日見た夢のおかげだ。

「あり得ないけど、仮に、万が一、ものすごい気の迷いがあって、姉が遺作の最後に呪いを込めていたとしてもだよ……それは、どこまでも気の迷いにすぎないんだよ。姉の遺した物語は、九十九パーセントがポジティブなメッセージであふれてた。残り一パーセントが呪いでも恨みでも、絶対に本質じゃない」

葉は目を背けないことに決めたのだった。少なくとも葉の価値基準において、桜倉の才能は最高峰に位置するものだ。けれども人格まで完全無欠だったとは言い切れない。迷い、人を恨んだ時期も、あったに違いないのだ。

「だから現状が桜倉の意図したものだったとしても、作家・雨宮桜倉全体の意志じゃない。俺には塗り替える義務がある」

「思ったよりやべえタイプのシスコンだね……」

響が唸《うな》る。もう訂正するのも面倒だ。

姉の亡霊を追いかけているわけではない、と葉は信じる。とはいえ姉の作品を受け継ぐ身としては、客観的な視点も確保しておくべきだろう。雨宮桜倉に過剰な思い入れを抱いている人間は、彼女の後継者としてふさわしくないからだ。

葉はパソコンのテキストエディタを開き、今しがた響たちと交わした会話を自分の所見も混ぜて打ち込み始める。

客観性は、あらゆるジャンルのクリエイターに不可欠な要素だ。自分自身を冷静に観察できる眼力を持っているからこそ、創作の中で様々な登場人物を生み出し、役割を与え踊らせることも可能になるはずなのだから。常日頃そう考えている葉は、自分を主人公にした小説の執筆を続けている。出版社に送ったり、ネットにアップしたりすることを想定したテキストではない。ただただ自分の日常を、他人事《ひとごと》を記すように三人称の形式で記録しているのだ。

討論番組を目前にして、今、取り組む事柄ではないのかもしれない。しかしこの自分自身の「小説化」は葉にとって、精神をフラットに保つためのルーティンのような意味合いも持っているのだ。

響は、桜倉が最後に呪いの物語を紡いだのではと指摘した。

それを完全に否定することは不可能だ。それでも、仮にそうだとしても、自分が修正すればいい。悪意の筋書きを、もう一度正しいレールに転換するのだ。

それこそが作家・雨宮桜倉を受け継ぐと決めた自分の役割だと、葉は信じていた。

信じたかった。

二度目に訪れたネットカシオのスタジオは、前回より大勢の人間で賑《にぎ》わっていた。時刻は十九時二十五分。放送開始は十九時三十分からだ。スタジオに直結している楽屋で、葉たちは本番前の最終説明を受ける。

「配信中にさ、こっそり相談できるようにしとかない？」

響がスマホをいじりながら言う。「さっきの説明だと、VTRが流れる間は私たち、映らないと思うから。着信音は消しておいてね」

本番が始まるギリギリの状況で、葉たちは三人だけが入室できるSNSのトークスペースを作り、アプリを立ち上げておいた。これで、カメラが向いていない場面なら、想定外のアクシデントが発生しても対応できる。

「まもなく本番でえす。スタンバイお願いしまあす」やけに間延びしたADの声が楽屋の入り口から響く。入り口のすぐ横にモニターがあり、それまでネットカシオのロゴマークを映していた画面がスタジオの映像に変わった。シンプルなパイプイスが三脚ずつ、向かい合わせに並んでおり、挟まれる位置に久慈沢が立っている。イスに一個ずつペットボトルが置いてあるのは、討論の途中で喉を潤《うるお》すためのものだろう。

久慈沢はデニムにTシャツというシンプルないで立ちだ。顔がアップになった瞬間、司会者兼ディレクターはピストルを撃つように人差し指を上げた。

「『ネットカシオ・アーネスト・トーク』。本日のテーマは『自殺』！」

アシッドジャズのような重低音のベースラインが鳴り響く。

セットも司会もBGMもシンプル。おそらく最初は低予算で立ち上げた番組なのだろう。

久慈沢のナレーションと共に、モニターには陰橋冬の『物語論と生命自律』の書影が映し出される。それから始まった生命自律思想の要約は、だいたい葉の認識と齟齬《そご》のない内容だった。

（しいて言うなら、淡々としすぎているかな）

少しだけ葉は不満を覚える。大衆に自殺を奨める思想を紹介するにしては、テキストも発音もフラットで、ごくありふれた啓発本や体操マニュアルを説明しているのと大差がない。もう少し内容に関する非難を加えてもいいはずだ。

（いや、討論番組なんだから片側に肩入れしすぎるのはよくない、のか？）

自分はバランス感覚に欠けているのかもしれない、と葉は反省する。熱くなりすぎてはいけない。あくまで冷静に、順序立てた議論で相手を論破しなければ。

「というわけで本日は、生命自律主義の信奉者である三名と」

左手、右手の順に久慈沢が手を上げる。

「そんな自殺は許せない、陰橋冬の思想を世の中に広めるべきではないと考えている三名で、議論の限りを尽くしてもらいます！」

楽屋出入り口のこちら側で待機していたスタッフが葉たちに合図を送る。葉・嵐・響の順番で楽屋を出た。スモークが焚《た》かれるわけでもレーザーが当たるわけでもない地味な入場だ。ゆっくりと歩き、各々久慈沢と、進行方向と直角の位置にいる観客へ向けて軽く一礼してからイスへ腰かける。地上波番組ほどではないものの、申し訳程度に観客も集めているらしく、葉たちのものと同じデザインのパイプイス十数脚が満席になっていた。

「まず、自律思想反対派を紹介します。雨宮葉さん・遠成響さん・箱川嵐さんです。三人とも、それぞれの分野で頭角を現しつつある俊英《しゅんえい》であり――」

俊英という言葉にくすぐったさを感じながら、再び一礼した葉は久慈沢の背後に設置されているモニターに目をやった。

同じモニターが観客の前にも設置されており、最初に、葉のプロフィール映像が映し出された。前回、スタジオを訪れた際に撮影したものだ。文学賞を受賞したことを中心に、葉の来歴が説明される。雨宮桜倉の遺族であることも当然、紹介された。

続いて嵐と響のプロフィールも流れる。どちらもインタビューを中心に、簡潔に来歴をとらえたものだった。往生際悪く、響は年齢を隠している。

「続きまして、対する生命自律主義の面々を紹介します」

葉たちが入ってきたのとは反対側の入り口から、まず長谷部組人が姿を現した。コットン素材で灰色の長袖《ながそで》シャツに茶色のパンツ。後ろに続く二名も、同じ服装だった。知らない者が見たら、エコロジスト集団か、オーガニック素材を扱うデザイナーかと勘違いするかもしれない。

「水渡千茉莉さんと共同生活を送っていた、長谷部組人さん、尾戸《おど》陽一《よういち》さん、新川《しんかわ》ひなたさんです」

二日前に葉たちと顔を合わせているのは組人だけ。残りの二人は初対面だ。少しでも何か情報を得ようと、葉は二人を観察する。

大学生くらいに見える組人に比べると、残りのメンバーはそれより若く見える。

尾戸は目が大きい少年だ。がっしりした体格で、嵐より肩幅は勝っているが、少しだけ身長が低い。スポーツマン的な要素の塊だが、違和感があるくらい青白い顔色が気になる。

新川は黒髪をショートボブに切り揃えている小柄《こがら》な少女で、年頃は葉と同じくらいか、もしかすると年下かもしれない。右目の周囲を紫のペイントで覆うという攻めたメイクをしているが、顔立ちそのものは気弱で自信がなさそうだ。

三人が腰かけた後、葉たちと同じようにプロフィール映像が始まった。最初に、制服を着た組人の写真が映し出される。

「……晴れて難関大学に入学を果たした組人さんでしたが、半年足らずで退学しています。学内での人間関係になじめなかったからです。友人たちは、名門に入学したことを鼻にかけて、他校の学生を見下したり、ランクの劣《おと》る大学の女の子を愛人扱いしたりするようなパーソナリティーの持ち主ばかりでした」

「学校に失望した組人さんは、しかしその体験を無駄にしたくはないと、小説を書くことを思い立ちました。学歴エリートたちの高慢さと思い上がり、格差社会の悲哀を風刺した入魂の一作を書き上げ、いくつかの文学賞に応募します。この題材で身を立てることで、ドロップアウトしたことにも意義があったのだと考えたかったのです」

「しかし、どの文学賞も一次選考さえ通過しませんでした。組人さんの作品は、数年前なら時流をとらえていたかもしれませんが、執筆している間に、世の中が変貌《へんぼう》していたのです。言わずと知れた新型コロナウイルス感染症の影響について、蔓延の前に筆を執っていた組人さんは対応できなかった。大幅な加筆は、小説の幹を腐らせてしまいかねないので、修正も難しかった。世の中があまりに速いスピードで変貌を遂げたため、彼の物語は周回遅れになってしまっていたのです」

ふいに対面に目をやった葉は、組人が微笑しながら肩をすくめたのを見て、あわてて目を逸《そ》らした。VTRは、尾戸の紹介に移っている。

「尾戸陽一さんは、サッカーの名門高校に特待生枠で入学しました。子供のころからサッカーが得意だった尾戸さんの夢は、海外リーグでプロサッカー選手として活躍する、というものでした」

サッカー部？　葉は嵐と視線を交わす。葉の脳内に、ある可能性が浮かんだ。

「しかし尾戸さんは、高校でスランプに陥《おちい》ります。きっかけは、学内でクラスターが発生したせいで、部活動が活動休止を強いられたことでした。スポーツの世界は残酷です。小学校で、リトルリーグで、中学で天才の名をほしいままにしていたプレイヤーが、ごくわずかなブランクのために調子を落とし、卓越した身体感覚を失ってしまう事例があります。常に線引きが行われ、選《え》りすぐりだけがフィールドに立つことを許される世界で、残念ながら、尾戸さんはあぶれてしまったのです……失意の尾戸さんは、部活をサボり、荒れた毎日を送るようになり、ついに脱法ドラッグに手を出し、退学処分を下されてしまいます。人生に絶望していた尾戸さんが図書館で偶然、手に取ったのが、『物語論と生命自律』でした」

体格に似合わないくらい尾戸の顔色が悪い理由はそういう事情だったのか、と葉は納得する——いや、いや、そんな話は問題じゃない。

葉は対面に腰かけている、三人目の討論相手を凝視した。

「感染症のため学校が休校になってから家に引きこもりがちだったひなたさんは、暇つぶしに眺めていた投稿動画に熱中するようになり、自分もユーチューバーになりたいと憧れを抱きました」

やっぱり！

葉はスマホに目を落とし、葉と響にメッセージを送信した。厄介な状況に気づいたのだ。二人にも、直ちに把握してもらう必要がある。

「おそるおそる顔出しでユーチューバーを始めたひなたさんは、視聴者に喜んでもらおうとコンスタントに投稿を続けましたが、人生経験に乏《とぼ》しいこともあってか、たちまち動画の題材が尽きてしまいます。そんなとき、動画のアイデアを褒めてくれた一人の投稿者に好意を抱いたひなたさんは、彼の主宰していたネットサロンに顔を出すようになります。そして巧《たく》みな勧誘に騙《だま》されて、動画で大金を稼ぐノウハウを記しているというネット商材を大量に購入してしまいます。気づいたときひなたさんは、ネットを介したマルチ商法の片棒を担がされていたのです……」

葉が向かいの新川に目をやると、膝の上でこぶしを握りしめていた。

その目が、響を睨《にら》んでいる。憎悪と羨望《せんぼう》の混ぜ合わせを葉は読み取った。

「我に返ったとき、ひなたさんは家族のキャッシュカードから百万円以上を引き出していました。家族に手ひどく叱責《しっせき》され、ショックを受けたひなたさんに対して、視聴者から投げかけられたのは慰めではなく、嘲笑《ちょうしょう》の言葉でした。彼らにとって、ひなたさんはひまをつぶすためだけの使い捨てのおもちゃにすぎなかったのです……多感な中学生時代に学校に通えなかったひなたさんは、対人コミュニケーションにおける距離感の取り方を学んでおらず、そこにつけこまれていいように操作されていたのです。何も信じられなくなったひなたさんの眼に飛び込んできたのが、たまたまネットで紹介されていた陰橋の言葉でした」

まだVTRはひなたの苦境を映し続けていたが、葉はかまわず響たちにメッセージを送り続ける。

〈めちゃヤバいじゃん。よっぽどうまく立ち回らないと〉

響の返信が入った。

〈向こうが、いつ動くか……タイミングが問題だな〉

嵐も対応を仰いできた。確かに、重要なのはタイミングだ。

〈その場で対応するしかないね。たぶん、三人同時に手をつけるだろうから〉

スマホをポケットにしまう。カメラがこちらを向いたら、さすがに相談は難しい。

とはいえ、最低限の情報共有は終わった。

明らかになった事柄は一つ。葉たち三人の事前準備は、ほとんど無駄に終わったということだ。

「俺は、自分が立派な人間になれるって信じてたんですよ」

ディスカッションが始まった。外見に似合わず、かん高い声でまくしたてるのは尾戸だ。熱弁しているのは、自分には特別な才能があると見なされて育ってきたという話だった。

「俺は他の子供よりちょっとだけ背が伸びるのが早くて、体を自分の思う通りに動かすのがちょっとばかり得意な子供だったんです。そいつが、世間一般で言うところの『才能』っていうやつなんです。ソシャゲに出てくるキャラクターの、初期データと同じですよ。他のキャラより少しばかり初期値が高かったら、レアものだってもてはやされて珍重される。でもね、ゲームと現実の違いは、初期パラメータに優れていても、最終的な成長は保証されないってところです」

さっきから尾戸は嵐の方を向いて語り続けている。嵐も視線を合わせてはいるが、ときどき相づちを打つ程度で反論を一度も挟んでいなかった。かえってやりにくいのか、尾戸のキーがますます高くなる。

「じっさい、小学生の高学年くらいから、俺は特別と普通のぎりぎりに立たされてた。『特別』は何度もふるいにかけられる。落ちちまったら、俺はそれまで、俺をうらやんだり嫉妬《しっと》したりしていた連中と同じになってしまう。それが恐ろしかった。だから必死でしがみつこうとした。でも、感染症なんてどうにもならない事柄で調子を崩したとき、簡単に滑《すべ》り落《お》ちちまったんだ！　それでも、本当に特別なやつらは、そんな恐怖とは無縁で、ふるいなんて存在しないみたいに特別のままだった！」

無礼なくらいの勢いで、尾戸は人差し指を嵐に向けていた。嵐は彼が見た「特別」の範囲に入っているのだろう。

対する嵐は、続きを促すように軽く目線を動かしただけだ。

受け流されたと感じたのか、尾戸は肩を震わせる。

「俺は才能があると言われ続けたサッカーの世界で、特別で居続けることに失敗した……なあ、子供にさ、ちょっとボールを上手に蹴ることができるだけの子供にさ、親とか親戚《しんせき》のオッサンとか、なんで無責任なこと言うのかね？　『将来はJリーガーだな！』とかさ！　本当は望んでねえだろ？　公務員とかになってほしいんだろうが！」

そんなこと言われても……親でも親戚でもない葉たちにはコメントのしようがな

い。沈黙が気障《きざわ》りだったのか、尾戸はさらにヒートアップした。

「どいつもこいつも、不用意なんだよ、無配慮なんだよ！　おかげで勘違いしちまうじゃねえか！　最初からわかってたら、もっと早いうちにふるいからドロップアウトできたの、に、よ！」

喉と体力を損《そこ》なったのか、尾戸はせき込んだ。

「で、も！　よ！　俺が許せなかったのは、特別からはずれた俺に、今度は『普通』が押し寄せてきたことだ。皆、普通になりきれって責め立ててきやがる。夢は夢、すっぱりあきらめて、まともな仕事に就け、ってさ！　これまでさんざん、普通から抜け出せ、特別の中の特別をめざせって煽ってきたのによ！　全部あきらめろって、裏返しにしろって、それが常識だって、『普通』の型に押し込めようとしてくるんだよ。もううんざりだった。疲れたんだよ。乗せられて、持ち上げられて、はめ込まれるなんてさ。あんたも他人事みたいな顔でいるけどさ」

再び嵐を指さし、尾戸は感情が迷子になっているような笑顔を見せた。

「いつかはふるい落とされるんだ。Jリーグか、それとも海外か……死ぬまで『サッカーが巧《うま》いヤツ』でいられるのは世界でごく少数だ。あんたも、遅かれ早かれ落ちるんだよ！」

挑発するように尾戸は語尾を尖らせた。

相変わらず嵐は何も答えない。微《かす》かに眉をひそめて思案している風だが、受けて立つための言葉がまとまっていないのだろう。それは、葉も同じだった。響も変わらないだろう。

「私も同じようなものです」

それまで尾戸の横で黙っていた新川が参戦する。

「のめり込んでいたユーチューバーの世界で認められなかったばかりか、ひどいやり方で利用されたんです。それで、プッツリ切れちゃった。もういいやって」

「僕の経緯も、だいたい同じですね」組人が話を引き取った。「人間、誰しも熱中できるものに出会う機会はあります。だけどその大事な何かが、自分に尽くしてくれるとは限らないんですよ」

組人は味方二名の肩を順番に叩く。スムーズな仕草に葉は手強さを感じた。

「僕たちは社会情勢の残酷さにへし折られて、『こうあるべき』と追い求めてきた何かになれませんでした。打ちひしがれていたとき、『物語論と生命自律』が語りかけてきたんです。陰橋冬の文章から、僕たちは理解しました。自分たちが立派なスポーツマン・人気作家・有名なユーチューバーになりたがっていたのは、社会にはびこる、悪《あ》しき努力信仰にすぎないのだと。『努力は報《むく》われる』なんて、悪質で残酷な言葉です。ブラック企業の社訓でもおなじみのフレーズだ。この物語に縛られている限り、報われない人たちに対して、『それは努力が足りなかったからだ』と無慈悲な判定が投げつけられることになる。嘆かわしいことに、報われない本人までもが、そう思い込んでしまう。人間の力ではどうにもならない出来事が、努力する余地を踏み潰してしまうことだってあり得るのに……」

目の前で組人が並べている言葉は彼のオリジナルではない。陰橋冬の著作から引っ張ってきた表現なのだ。前向きで、自死なんて頭にない人間が目を通すと共感できる要素は少ない『物語論と生命自律』だが、この努力と報いに関する一文だけは、無視できない鋭さを持っている。けれども葉は、集中力の半分を組人の言葉ではなく、彼の手元に注いでいた。

「僕たちは強いられていたんです。誰からというわけではなく、社会に、風習に、自分に」

演劇に登場する煽動者《せんどうしゃ》みたいに、組人は両手を広げ、観客の方を向いて呼ばわった。

「努力しろと、先を目指せと、絶えず自らを改良して、くじけず、前を向いていたら美しい結末が待っているはずだと。でも、そんな物語は、誰にも当てはまるものじゃないんです。パンデミックの世界で、大勢の人が思い知ったはずだ。努力も精進も、個人にはどうにもならない嵐が押し寄せたら、簡単に吹き飛んでしまう。いつまでも自分を通せるのは、がんばりが実を結ぶのは、よほどの幸運児か、才能を約束された上澄みだけで、僕たちに当てはまらない話だ。当てはまらないのに、あぶれてしまうのに、信じて走り続け、空虚が待っているなんて、こんな恐ろしい話がありますか？だから」

気を整えるように姿勢を直す。

「『終わらせてもいい』と陰橋冬は教えてくれたんですよ。社会が押しつける成功や努力を否定するんです」

「なるほどねえ」

一瞬の沈黙を挿んだ後、久慈沢が息を吐いた。

「今のお話が、生命自律主義の長谷部君なりのまとめってことでいいのかな？」

「俺の考えもだいたい同じです」

「私もです」

尾戸と新川が揃って声を上げた。

「うんうん、本を黙読するより、よっぽど頭に染《し》みたよ。今度は否定サイドに語ってもらおうかな」

久慈沢がこちら側をのぞき込んでくる。名指しされないかと葉は危ぶんだ。別の事柄が気がかりで、うまい反論が全然出来上がっていないからだ。

「箱川君は、今の話どう思った？　スポーツマンとして」

自分が当てられなかったことに葉は安堵《あんど》しつつ、嵐が心配になる。こちら側の三人の中で、唯一、言葉を専門にしていないメンバーが嵐だ。ここまで沈黙を守りながら、組人たちに抗う言葉を用意できているのだろうか……？

「ぜんぜんわかりません」

嵐は棒きれのように言い放った。

まったくの予想外だったのか、尾戸がうわずった声を轟《とどろ》かせる。

「わからないことはねーだろーが！」

「いや、ちっともわからない。尾戸さんはサッカーで、新川さんは動画投稿で、長谷部さんは小説で望む評価を得られなかった——それが、どうして絶望につながるんだ」

「お前だって、選手としてダメになったら絶望するだろうが！　サッカーで生活できる道が絶たれるんだぞ！」

「俺はボールを蹴る、という運動自体が楽しくて、サッカーを続けている。評価されなくても、トップに上がれなくても究極的には困らない」

コンビのリアクション芸人みたいに、尾戸と新川は揃って口を開いている。

葉は二人に同情していた。スポーツマンの知り合いが少ないので、もしかしたらトップに近い人間は嵐みたいな思考をしている人ばかりかと思いかけていたけれど、尾戸の反応を見る限り、違うらしい。

「チームを動かしたり勝利したり、評価やトロフィーを得ることに魅力を感じるのも確かだし、成功したら喜ばしくも思う。けれどもそれらの歓《よろこ》びの基本部分にあるのは『ボールを蹴る』だけの楽しみだ。だから俺は、評価されなくてもそれほど悔《くや》しくないし、サッカーで生計を立てられなくても絶望まではしない。ボールに触れる時間が限られてしまうのは残念に思うだろうけどな」

葉は理解する。たぶん、嵐は病気や事故で足を動かせなくなっても、なんらかの手段でボールを操ろうとするだろう。

尾戸は激しく瞬いている。

「お前、おかしいぞ」

「おかしいだろうか。むしろ普通では？」

嵐の無表情は揺るぎもしない。

「サッカーそのものではなく、サッカーで成功したり、栄誉を得たりする方が大事だというのなら、本当にサッカーを好んでいるとは言えないだろう？」

伝染したように尾戸も無表情になる。新川は対照的に身を震わせていた。組人だけが、リラックスした様子のままだ。

無造作に石を投げるような嵐の一撃は、正直なところ、隣で聞いているだけの葉にもダメージを与えていた。そう、本当はそうあるべきなんだ。蹴るだけの、作るだけの、書くだけの楽しさを享受《きょうじゅ》し続けることができたなら、採点も、名声も必要ない。

(それはそうだけどさあ)

心が呻《うめ》いている。知らず知らずのうち、葉は嵐に姉を重ねていた。性別も体格も嗜《し》好《こう》もまるで異なる二人だが、おそらく根底に流れるものは似通っている。書きたいから、蹴りたいから続けているだけで、それ以外はおまけ。

「サッカーも動画制作も、強制されるものじゃない。純粋に楽しめなくなってしまったら、別の何かを探せばいいだけの話だ。俺もサッカーを苦痛に感じる日が来たら、そうする」

対面の尾戸と新川が、実在しない怪物を眺めるような目を嵐に向けている。

頰《ほお》に伝う汗を、葉は自覚した。完全に正しい。覆しようのない正論だ。没頭できるほど大切だったものに翳りが生まれ、苦しみの源泉になるくらいだったら、捨ててしまったらいいだけの話だ。汚れた毛布を交換するように。

(でも嵐、それは王様の発想だよ)

劣等感を道連れに、葉はため息をこぼす。葉も含めた大半の凡俗は、大好きな何かとしがらみを分けることが難しい。切除できない腫瘍みたいに、守りたい宝石には嫉妬と負け犬根性と羨望がからみついている。ジャンルや文系・体育会系を問わず、がんじがらめで、脱ぎ捨てるなんて至難の業だ。葉も、脱ぎ捨てられない一人だった。単語と単語をつなげ、文章を作る楽しさに気づいたのはいつごろだろうか。きっと最初のうちは、その作業が単純に楽しかった。しかし、すぐに知った。この遊びで、姉がえらい人や頭のいい人たちに褒められていることを。姉に羨望を抱いた時点で、姉よりすごいと称賛されたくなった時点で、葉は、まだ子供だったにもかかわらず、とっくに不純だった。

現在の葉は、さらにひどい。どこまでが本当にやりたいことでどこからがそうじゃないのかさえ、区別がつかない。響に指摘されるまでもなく、自分は姉に執着している。その執着のために姉のコピーを書き上げたいのか、純粋にそれが書きたいからパスティーシュに挑戦したいのか、葉自身にも分別できないのだ。

おそらくこの悩みは、葉だけの悩みではない。小説家も画家も漫画家も野球選手も——たぶん公務員もサラリーマンも、自分の選択肢が本当に純粋な動機によるものかどうかなんて、きれいに切り分けられる人間の方が少ないのじゃないだろうか。

あるいは、その切り分けが可能な人間を、天才と呼ぶのかもしれない。

（いやいや、打ちひしがれてる場合じゃないぞ）

心の中で、葉は自分に活を入れる。大事な話だけれど、今、注目するべきはそこじゃない。この討論が、どこで一段落するかという点だ。

「神様に説教されているみたいですね」

組人が笑い捨てる。傍らの尾戸と新川は、憎悪に近い視線を嵐に注いでいた。

「こだわりも、プライドも、セミのぬけがらみたいにするりと脱ぎ捨てる生き方ですか。そんなふうに生きられたらどんなに楽でしょう。でも不可能ですよ。箱川君だって、実際に今のポジションから落ちぶれてしまったら、立派なことは言ってられないかもしれませんよ？」

「そうかもしれない」

嵐があっさりと認めたので、葉はびっくりする。相手も虚を突かれたようだ。

「今のは親切で口にした話だからな。絶望したと主張する尾戸さんたちに、そんなの絶望じゃないと教えたかったんだ。だが本当に絶望していたとしても、死を選ぶのは間違っている。そもそも自律主義に限らず、自殺を肯定する連中は、死ねばすべてが解決すると言い張っている。そこが納得できない」

「実際、そうじゃねえか。死ねばつらい暮らしも納得できねえ現状も、チャラに、ゼロになるだろ？」

吠《ほ》える尾戸に対し、嵐はなだめるように右手をさしのべた。

「君は、死後の世界を知っているのか」

「はあっ」

「俺は信心深い方じゃないし、幽霊に出くわした経験もない。それでも自殺を遂げた後、俺たちのアイデンティティというか意思の類が残り続ける可能性は否定できない。現代の化学分析で測定できない世界が肉体の消滅後に待っているわけがないと誰も言い切れはしないんだ。その世界には、今君たちが感じている以上の苦痛があふれているかもしれないだろう？」

新川が胸元に手を当て、苦しそうに息を吸った。

「……それこそ、根拠のない想像じゃないですか」

「そうだな。では別の想像を広げてみよう。俺はサッカー選手だから、試合に出ていないときもルールについて思いを広げることがある。たとえば俺たちの人生にも、ルールが敷かれているとしたらどうだろう。俺たちの人生そのものが、壮大なゲームかもしれない」

さっきの組人に対抗するように、嵐も両手を大きく広げた。

「俺たちは、今の状態では記憶もしていない、知覚もできない世界から送り込まれてめいめいの人生を過ごしているとも考えられる。死後は元の世界に戻り、こちらでどうふるまったかが採点される『ゲーム』の参加者なのかもしれない。だとしたら、自死は試合放棄だ。ペナルティを食らうかもな」

葉は嵐の想像力に感心していた。自殺に関連して、いつもこんな思考実験を繰り返していたのだろうか？　それとも、相手の急所を突く言葉を即席でまとめているだけか？

駆け出しとはいえ空想のプロフェッショナルである自分が遅れを取っている事実に、葉は屈辱を感じていた――感じている場合かよ。俺も準備しておかないと。

「空想のバリエーションが豊かなんだね」

組人は涼しい顔のままだ。小説家志望なら、プライドを刺激されないのだろうか？

「その設定、偏ってない？　ゲームのルールや判定方法は様々だ。もしかしたら、息詰まった状況下で世界から『退却』を選択する行動は、かえって好評価かもよ？」

「俺が言いたいのは、自殺ですべてが片づくという発想にはまったく根拠がないということだ」

組人の指摘にも、嵐は動じなかった。

「単純な理屈だ。誰でも開いていいドアがある。その向こう側がどうなっているかは誰にもわからない。君たちはこちら側にうまく行かないことが多いからと言って、ドアの向こうへ行こうと奨めている」

依然、無表情を貫いている嵐だが、わずかに語気を荒らげる。

「そんな勧誘、無責任だ」

「なるほど」

顔色の悪い仲間二人を守るように身を乗り出した組人は、控えめに両手を鳴らした。

「たいへん合理的な意見です。でも前提が間違ってますね」

「そうだろうか」

「君たちから見て、僕たち三人はそれぞれの分野で成功できなかった負け犬に映っているかもしれません」

「俺はそんなふうに見ていない。たぶん、他の二人もだ。負け犬と見下しているのは、君たち自身じゃないのか」

「まあ、そういう認識でもかまいませんよ。いずれにしろ箱川君は、僕たちに逆転の目はあるのにあきらめていると言いたいのでしょう？　でも陰橋の主張に従っているのは、僕たちみたいに何ら成功を収めていない面々ばかりでもないんです」

さらに体重を前方に移した組人は、嵐に顔を近付けた。

「そもそも提唱者の陰橋冬は、『勝ち犬』でした。思想家として名声を得た成功者でした。にもかかわらず、本当に心が満たされた気分には一度もなったことがないと『物語論と生命自律』の中で語っています。栄光なんて、追い求めても、つかんでも空《むな》しいと言ってます。ついさっき、箱川君が話してくれたドアの喩《たと》えは、こちら側に希望が残っているのに、価値があるかどうかも定かでない扉の向こうを目指すのはおかしいという理屈でしょう？」

頭を引いて、組人は再び距離を取る。嵐は何も言わない。

「違うんです。こちら側には本当の価値なんて何一つ残されていないんですよ。あるのは物語に支配された虚構と、それがもたらす苦しみだけなんです。マイナスしかないのなら、ゼロを求めて、扉の向こうを目指したって悪くないでしょう？」

背筋を伸ばし、胸元に手を当てて組人は繰り返す。

「この世界の物語は、僕たちの味方になってくれなかった。だから自分で物語を作って、自分という作品を完結させるんですよ」

青年は息を吐き、イスの隅に置いてあったペットボトルをつかむ。尾戸と新川も、組人の動作に倣《なら》った。

三人とも、それまでペットボトルには手をつけていなかった。ここに来て同時に触っている。

「止まって」

葉は立ち上がり、組人へ近づいた。

手を伸ばし、口を付ける寸前だったペットボトルをつかむ。

「させないよ。この中身、『カクテル』だろ？　あなたたちはここで死ぬつもりなんだ」

組人は口笛を吹いた。「まさか見抜かれるとは、予想外ですね」

「待って、待ってどういうことだよ！」状況についていけない様子だった久慈沢が、ひきつった笑顔で訊《たず》ねる。この動揺ぶりを見る限り、グルではないらしい。

「そのままの話ですよ。この人たち、議論をたいして優勢に進められなかったから、ここで自殺するつもりです」

葉はつかんだままのペットボトルを手元に引き寄せようとするが、組人の握力は意外に強く、はがれない。それでもなお力を込めながら、

「三ヵ月前、組人さんたちのお仲間だった水渡千茉莉さんが自殺しましたよね。彼女は、視聴者に配慮してか、自死の瞬間自体は配信していなかった……それで宣伝効率が悪かったんじゃないかって考えてたんじゃないですか？　人気番組で、生配信中に三人同時なんて、衝撃的で、刺激的だから」

「君たち、議論するために来てくれたんじゃなかったのかよ」

久慈沢に睨まれた組人は、悪びれる様子もなく口角を上げる。

「もちろん、意見交換や討論も有意義ですよ？　たった今、箱川君と交わした言葉も決して無意味ではないと思います……でも究極的に、話し合いなんてどこまでも平行線なんですよ。SNSや配信、テレビや雑誌で日夜意見の衝突が発生していますけど、それらがきれいに収束する場面を目にした覚えがありますか？　双方納得して、

歩み寄るケースなんて皆無に近いでしょう？　失礼ですけど、この番組だって例外じゃありません」

「それは、まあ、そうかもしれないけどさ」

番組のコンセプトを否定されたのが悔しいのか、久慈沢は下を向いた。

「結局、実践が一番なんです。そこそこまで議論を盛り上げて、ゆるぎない姿勢を示したら、後は実行に移すべきなんです。僕たちは生命自律を肯定する一派。錯乱や困窮の果てにではなく、自分の尊厳を守るために命を絶つべきと主張しているのですから、だらだら健在だったらおかしいでしょう？」

組人は傍らの尾戸と新川に目配せする。二人の手は、ペットボトルを持ったまま震えているが、組人のボトルをつかむ葉の手に、動揺は伝わってこない。

「本当なら、そちらをきれいに言い負かしてから優雅に実行する予定でしたが、存外手強かった」

この前の宣戦布告、逆効果でしたかね、と組人は目を伏せる。容器は握ったままだ。「で、いつ気づいたんです。僕たち、どこかでミスをしましたか？」

「あんたたちは尻尾《しっぽ》を出さなかったと思うよ。ヘマをしたのは番組のえらい人だ」

「ええ、俺ら？」

久慈沢が眉毛《まゆげ》を上下させる。

「そのリアクションだと、久慈沢さんは違うっぽいですね。ネットカシオの組織はよくわかりませんけど、プロデューサーとか、スポンサーさんとか、もっと上層部の人かもしれません。とにかく、番組サイドに協力者がいるんですよ。その人——一人じゃないかもしれませんけど——自律思想に同調する誰かは、この討論会で自律思想側が有利になるよう仕掛けていた。それを拾っただけです」

「しかけ？」久慈沢がイスや自分の周辺を見回しているので、セットじゃないです、と葉は誤解を解いた。

「キャスティングです。そもそも俺がこの配信に出演することになったのは、隣の遠成さんに勧められたからでした。遠成さんに物書きを連れてくるよう頼んだのは久慈沢さんで、箱川さんを呼んだのも久慈沢さんですよね」

「ああ。でも完全に俺の指示ってわけでもないんだよ。あまりないパターンなんだけど、会社のえらい人が口を挿んできたんだよな。自律主義に反対するメンバーは、作家系・ユーチューバー・スポーツマンの組み合わせにしろって。おじさん、権力に弱い大人だからさあ、逆《さか》らえなかったのよ」

「自律主義者と反対派で、一人ずつ対応してますよね」葉は傍らの二人と、正面にいる自律主義者たちを見比べる。

「俺と尾戸さんは、サッカーという共通の特技を持っています」

嵐が尾戸を見ながら言った。

「私と新川さんは、ユーチューバー。そして葉君と組人君は、どっちも物書きだよね」響も新川が持つペットボトルを見据えながら補足する。

葉は、あいかわらず組人のボトルをつかんでいる。「俺たち三人は集められたメンバー。対する組人さんたちは、千茉莉さんの同居人として、最初から出演することが決まっていた面々です。ようするに、番組のおえらいさんは、自律主義者の三人それぞれと同じジャンルの三名をあてがったわけです」

「わかるけど、それのどこが有利な条件なんだ？」

呑気な久慈沢の反応に、葉は不信を抱く。あんたも気づいてたんじゃないのか？追求しても、煙に巻かれてしまいそうだから、ここはスルーするしかない。今は、観客や視聴者に理解してもらう方を優先するべきだ。

「久慈沢さん、もし久慈沢さんが自律主義に反対しようと思ったら、どういう論陣を張りますか?」

「どういうっていきなり言われてもな……」ディレクターは首をひねる。「すぐには思いつかないけどさあ、『生きてたらそのうちいいことがある』とか『がんばれば報われる』とか月並みな説得を吐くしかないかねえ」

「普通はそうですよね。でも、俺たちと組人さんたちのマッチアップだと、そういう常識的な言葉が通じなくなっちゃうんです。俺たち三人は、はっきり言ってしまうと恵まれた立場にいます。パンデミックとか、一斉休校とか、この数年色々あったのに、自分の好きなことを断念するでもなく、それぞれの分野で評価されている。失礼ですが、話を聞く限り、組人さんたちは正反対ですから……」

ぐるぐる両陣営を眺めてから、久慈沢は頷いた。

「なるほどなあ。たとえば雨宮君が組人君に対して、『がんばればいいことあるよ』って励《はげ》ましたところで、全然響かないわけか。『それは君が小説で賞を取ったからですよね? 僕は落選したんですよ』って返されちゃうもんな。視聴者も同調するかもしれない。スポーツもエンタメも、脚光を浴びるのは限られた人数だからねえ」久慈沢は一同を見渡しながら、何度も頷いている。「ようするに、この組み合わせは組人君たちにめちゃくちゃ有利な構図になってるんだな」

「だから俺たちは、さっきの議論でありきたりのロジックを使えなかったんですよ。その辺を埋めるために嵐さんががんばってくれましたけど」

葉は嵐に目配せをした。嵐が鋼《はがね》のような言葉で尾戸とやりあってくれたおかげで、こちらは気圧《けお》されずに済んだのだ。

「というわけで俺は、紹介用のVTRが流れた時点で、この番組は公平なスタンスなんかじゃなく、組人さんたちの肩を持ってるんだなって当たりを付けたわけです。じゃあ、どの程度の肩入れなのか？　えらい人がかなり過激な信奉者だった場合、自殺を生配信すれば自律主義のプロモーションになると見ているかもしれない。だから俺たちは、ペットボトルに注意していたんですよ。いつ組人さんたちが議論を切り上げて、自殺を決行しようとするか、見張ってたんですよ」

「おみごと」

組人は白い歯を見せた。

「本当なら、スマートに、さりげなく終わらせたかったんですけどね」敬意を示すように眉を下げる。「とはいえ、止まりませんよ。僕たち三名、この場で生命自律を実行します」

ペットボトルは、まだ二人が握りしめたままだ。こちら側へ引き寄せようとしながら、葉は斜め前の新川と尾戸の動向も警戒している。今のままなら組人は『カクテル』を口にできない。しかし尾戸たちと嵐たちの間には距離があり、素早く行動すれば、先に飲み込んでしまえるかもしれない。視界の隅に、警備員らしき青い制服が見える。観客側と、スタジオの奥に二人ずつ。この場はプロに任せるべきだろうか？だダメだ。距離が遠すぎるし、最悪の場合、彼らも自律主義の賛同者かもしれない。だったらどうするべきだろう、と葉は迷う。今にも手を振り払われてしまいそうだ。

「ちゅうもーく」

間延びした声を上げたのは響だった。葉と組人の右側、久慈沢の真横に出てきている。

その手にカッターを掲げ、銀色の刃を自分の首筋にかざしていた。

観客席から悲鳴が上がる。危険人物が追加されたせいで、どの警備員も次の行動に移りかねているようだ。スタジオ内の反応は様々だった。気圧されたように固まっている尾戸と新川。立ち上がったまま次の動作に移れない様子の嵐。座席に挟まれた位置で、拮抗する磁力になぶられているみたいに、おどおどと肩を動かす久慈沢。葉はペットボトルに力を込めたままなので、手がしびれ始めている。

「久慈沢さん、カメラ止めちゃだめだよー」

たしなめる響に、ディレクター兼司会者はひきつった笑顔を返す。

葉の見るところ、突然ぶちまけられた響の奇行に動揺していないのは、対面の組人ただ一人だった。

「そのカッター、百均ですか？」

組人はのんきな声を出す。

「失礼な。そんな安物に頼らないですわ。三百均ですのよー」

冗談めかした刃が、白い首に細い影を落としている。

「で、組人君、どうする？　私もここで死んじゃおうかなって思ってるんだけど」

響と組人は同時に口元をほころばせた。

「どうぞご自由に。これが錯乱ではなく、あなたの明確な意志に基づく自律であるというのなら、僕たちはその決断を尊重します。止める理由はありませんよ」

「でも心の底では焦ってる」響はカッターを指先で小突く。「見せたくないでしょう？　私の死にざまを、視聴者たちに」

――そんな手があったのか。

こんな状況だというのに、葉は響の発想に舌を巻いていた。

強固な信念を示す相手を失墜させるためには、信念に反する行動を強制すればいい。

この場合、組人たちの信念とは、自死の肯定だ。自殺を推奨する自律主義者は、当然ながら、他人の自殺を妨害できない。

けれども、この自殺が組人たちの不利益を招くとしたらどうだろう？　たった今、響が指摘したのは、リアルな死が視聴者に及ぼす影響だ。

『カクテル』はペントバルビタール系の睡眠薬で、尊厳死法制の先進国であるオランダ発祥の安楽死用薬剤だ。厳密には、基本的に錠剤として処方されるペントバルビタール系薬剤を、昏睡効果増進のために、東欧の李酒《すもも》である「ツイカ」に混ぜたもの。容器の中で揺れるこの無色透明の液体は、自殺志願者を、夢心地のままこの世から退場させてくれるという。

その安らかな死にざまを配信させることで、組人たちは賛同者を増やそうと狙っているのだろう。

しかし安らかな死と同時に、無残《むざん》な死が中継されたらどうなる？

カッターナイフが響の首筋に食い込むとき、血しぶきの凄惨さはナイーブな自殺志願者たちを足踏みさせるだろう。むごたらしい死の生中継は、反対に自殺を減少させるのだ。

それが望ましくないのなら、組人たちは、響の自殺を阻止するよう動くかもしれない。だがその判断は、「明確な意志判断に基づく自死を尊重する」という生命自律主義の大原則に反する結果となる。

ようするに組人たちは、動いても動かなくても不利益を被るのだ。

（でもまさか、本当に死ぬつもりじゃないだろうな）

葉は不安にかられる。響の淡く薄い肌の色、安っぽい銀の刀身。冷静に考えると、響は本当に死ななくても目的を達成できる。適度に血の色を電波へばらまくだけで、自殺志願者には充分なダメージだろう。その前に組人たちが止めてくれるかもしれない。そして他人の自死を妨害した時点で、組人たちの正当性は崩壊する。

「どうする？　死んじゃうよ死んじゃうよ」

しかしこのやり口、下手をすると響のこれまでのキャリアをふいにしてしまう。少なくとも、しばらくこの手の企画から声はかからないだろう。

事情は聞いていたものの、響がここまで覚悟していたとは予想外だった。

葉は、焦った組人たちが、醜態をさらしてくれる展開を期待した。

しかし、

「かまいませんとも。ご一緒しましょう」

かけらも動じることなく、組人は傍らの二人にウインクした。次の瞬間、手の中のペットボトルを押し出す。葉にとって、それは予期しない動作だった。しびれかけていた手が、対応できずに解《ほど》ける。

素早く組人は手を引き、毒薬を取り戻す。後退して尾戸たちと同じ位置に立った。

生命自律主義者たちは、三名同時に容器のふたを開き、飲み口を唇へと近付ける。

響は握りしめていたカッターを自分の首筋に走らせ——はせず、組人の手元へ投げつけた。

反射によるものか、組人はペットボトルを取り落とした。隣の二人は、反応できずに硬直している。

そのとき、嵐が弾丸のように滑り込《すべこ》んだ。スライディングタックルのような体勢で、相手側のパイプイスの足を蹴り付ける。傾いたイスに巻き込まれた三人は仰向けに倒れた。衝撃で、残った二人もボトルを床へと転がしてしまう。

ボトルを取り上げるべきか、葉は戸惑った。『カクテル』の中身がこぼれた場合、どれくらいの殺傷力を持つものか正確なところがわからない。飛び散ったエアロゾルを吸い込むだけでも致死量になるのか――さすがにそれはないか。でも、こぼれた液体が手にかかって、それを口に含んでしまったら？

ためらっているうちに、いちはやく起き上がった新川が三人のボトルを抱え上《かかあ》げてしまう。しかし倒れた際に手を痛めていたのか、再びボトルを取り落としてしまった。すでにどのボトルからも中身が大量に漏出しており、床を直接啜《すす》りでもしない限り、この場で自殺することは難しいだろう。ただ三人がその気になれば別の方法で自死を遂げるかもしれない。すぐに拘束しないと。

だがようやく反応した警備員たちはカッターを失った響を拘束していた。優先順位が違う！　葉は怒鳴《どな》りたくなる。

「痛い痛い！」

腕を後ろ側に引っ張られた響が叫んだとき、中央で硬直したままだった久慈沢は、ようやく自分がこの場の責任者であることを思い出した様子だった。

「バカ、その子はいい、そっちの三人だ！」

久慈沢の怒声に、踵《きびす》を返《かえ》して自律主義者たちの方へ走る警備員たちだったが、同時に、組人が両手を挙げた。

「降参です。『カクテル』流れちゃいましたから」

葉は胸をなでおろす。

「……とりあえずは事務室へ行こうか。おじさんからお説教だ。いちおう警察も呼ぶからね」

歯をむき出しにした久慈沢に促され、警備員に前後を固められた自律主義者三名は、スタジオの外へと連れ出される。響ちゃんも後でお話ししようね、とディレクターに睨まれて、ユーチューバーは舌を出す。

「雨宮君！」

先頭にいた組人が、振り返り、葉に向かって手を振った。

「番組はめちゃくちゃになってしまいましたけど、刺激的な時間を過ごすことができました。楽しかったですよ」

なんだ、それ……

そのまま組人たちは、外へと消えた。

程なく、観客たちはスタッフに促されて退場を開始した。もう配信再開は不可能と判断したのか、残りのスタッフも機材の撤収を開始している。

照明が消えつつあるスタジオで、葉は立ち尽くしていた。

「うまく行ったな」嵐に肩を叩かれる。警備員から解放された響も近づいてきた。

「大勝利！」彼女とハイタッチを交わしながら、勝利かなあ……と葉は疑っていた。この場で自殺を決行されたら、確実に負けだった。けれども、負けなかったイコール勝利と言い切れるのだろうか。素直に喜べない。

「なーに浮かない顔してんの？　格好良かったよ葉君。お姉さんの『少年探偵ユウ』みたいだった」

「いやいやユウは違うよ」そこは聞き逃せない。訂正が必要だ。「ユウは自分の推理をひけらかすタイプの探偵キャラじゃないからね。もしこの場面が姉の小説だったらユウはでしゃばったりしないよ。ユウならポジション的には久慈沢さんの立ち位置にいる人か、警察関係者にコンタクトを取って代弁してもらうんじゃないかなそもそも『少年探偵ユウ』は過度に探偵という存在を英雄視することがコンセプトじゃなくむしろ平凡に見える個々人が局面によってはその人物ならではの推理力を発揮するという平等性の尊重が根っこにあって——」

「引っかかっているのか？　組人さんが、余裕を崩さなかったところに」

嵐に割り込まれて、葉は我に返る。

「……まあね。そこそこメジャーな配信番組で、えらい人を味方に付けた上で公開自殺なんて、そうそうある機会じゃないはずだよ。それが台なしになったのにさ、あの人、全然悔しそうじゃなかった」

尾戸と新川については、目的を達成できずに、意気消沈しているように見えた。組人だけが異質だ。初めて会ったときと同じように、へらへら揺れていた。

「確かに気持ち悪いなあ」響は親指であごをさすりながら、「もしかしてだけど、あの人の目的、自殺じゃなかったりする？」

思いつきもしなかった指摘だ。確かに初対面のときから、組人は素朴に自身の死だけを望んでいるキャラクターに見えなかったのは確かだ。自律主義者を隠《かく》れ蓑《みの》にして、何かを企《たくら》んでいるのだろうか。

つまり、公衆の前で自殺を試み、阻止されるまでが計画のうちだったのか？　中途半端《ちゅうとはんぱ》に騒ぎを起こして、何が手に入るという意図するところが読み取れない。

のだろう。

しばらく経って、久慈沢だけがスタジオ内へ戻ってきた。一通り響に文句を言った後、配信は中止になったと改めて教えてくれる。響の自殺未遂はあくまで自律主義者を止める手段だったという話で収めてくれるようだ。自律主義者の三名は、さすがにお咎《とが》めなしとはいかないようで、警察の取り調べを受けているらしい。

礼を言ってから、葉たちはスタジオを後にした。

討論番組は、配信中止という結末を迎えた。葉としては、姉の名誉を汚している生命自律主義者を妨害したのだから、トータルでは悪くない結果と言える。

でも、もやもやする。組人が自律主義とは別口の意図を隠していたとすれば、自分たちは彼の手のひらの上で踊らされていたとも考えられる。

得体の知れない不気味さを拭《ぬぐ》えない。葉の中で、長谷部組人は不可解をぶらさげたままだった。

ツルを、ベッド横のゴミ箱に投げ捨てた。ぱさりと紙擦れが聞こえる。

「そのときは必ずやってくるからさ。私のことで心をすり減らしたり、変なこだわりで時間を浪費したりはだめだからね」

頷きながら、無理だろうな、と葉は覚悟していた。桜倉の才能は、自分にとって強すぎる輝きだ。きっと長い時間、勝手に投射した姉の亡霊に悩まされることだろう。

「難しいようなら、憎んでもらうのも、ひとつの対策かもね」

桜倉は意外な処方箋《しょほうせん》を口にした。

「最期の最期にさ、呪ってやるとか苦しめとか、悪い言葉を残して死ぬんだよ。みっともなく、口汚く罵って死ぬんだよ。そしたらさ、葉はすっかり幻滅して、私を追いかけようなんて思わなくなっちゃう」

「それ、今言ったらだめじゃん」

「だよね」

姉は舌を出した。

「だめだなあ、私。いなくなった後でも、嫌われたくないから、この方法も使えない」

「どっちでも同じだよ。姉さんが最悪のクズでも、書いたものの立派さは変わらないからさ」

気恥ずかしくもあったが、葉は正直な評価を口にした。「姉さんの小説、腐った人が書けるものじゃないよ」

「ありがと」

桜倉は控えめに笑顔を見せた。

「最後まで、そうだったらいいなあ……私、体がやばくなってきても、なるべく書き続けてたい。死ぬ前はきっと、苦しいだろうけどさ。優しい、楽しい言葉を遺したいよ」

しかし臨終の日、桜倉はペンもパソコンも触っていなかった。

後日、全集に収録されることになる遺稿は仕上げていたものの、それは小康状態で書き上げた原稿であり、死の間際に編んだ文章ではない。予告に反して、桜倉は最後の言葉を綴らなかった。葉に告げた、「たかが小説だからね」という言葉はあくまで口頭の遺言にすぎない。

小説家なら、最後に文字を連ねたかったはずだ。

なぜ、断念したのだろう？　棚上げしていたはずの疑念が、ふたたび頭の中で主張を再開する。優しい言葉を遺したいという願いが、最期の最期に裏返ったのか？　呪いの言葉こそ落とさなかったものの、前向きな一文をしたためられるような精神状態ではなかったのか。

桜倉は陰橋を題材にした小説に、フォローを追加しなかった。あのラストが自殺につながっても、べつにかまわないと悪意を抱えたまま逝ったのか。

ここ数日、葉は疑念を反芻《はんすう》している。もちろん、基本的には姉を信じてやりたい。討論番組にも出演して、自律主義者の自殺を邪魔した理由の何割かは、姉の名誉を守るためだ。

けれども百パーセント純粋に、まったく混じりけなく信じることができないのも確かだった。姉の心を知りたい。死神に背中をたたかれたとき、桜倉は世界を慈しんでいたのだろうか。呪いたかったのだろうか。

知りたい。せめて、たった一言でも、最後の文章を遺してくれていたら……

　地下鉄の規則正しい振動が座席を揺らす。乗客が増えてきたので、葉はノートパソコンを閉じた。

　夕方。討論番組から三日が経過している。葉が向かっているのは響のスタジオだ。番組の顚末《てんまつ》について、久慈沢から三人に重大な話があるという。

　ディスプレイを畳む寸前、開いていたウインドウに表示されていたニュースの見出しが目に入る。

「自殺志願者の団体とお騒がせユーチューバー、生放送で自殺未遂」

　一昨日のニュースだ。あの騒動は瞬《また》く間《ま》にネットニュースとして消費された。番組を録画していた視聴者が著作権を無視して動画をアップしたらしく、番組開始から放送が中断されるまでの数十分間が、大勢の目にさらされている。しかし今日になって、ネットカシオ側が動画の無断使用に対して訴訟も辞さないという方針を表明したため、拡散は鎮静化しつつあるようだ。

　とはいえ、葉からするとあまり嬉しい情勢ではない。すでに水渡千茉莉が自律主義に賛同していたという情報も拡散されている。

加えて、ネットの論調は響に対しても好意的なものではなく、組人たちと一緒に配信で悪趣味なパフォーマンスを見せた不心得者として扱われているようだ。それから三日、響は毎日欠かさず行っている生配信を休み、自宅に籠《こ》もっていた様子だ（一度だけ、世間を騒がせたことに対する謝罪コメントのみ配信している）。

討論番組は、ネットカシオのポータルサイトで無期限休止が発表されている。久慈沢が三人に会いたいということは、休止の原因が葉たちの対応にもあると責め立てるつもりだろうか？

（損害賠償とか、言ってくるのかな……）

葉は桜倉の著作権を相続しているので、けっこうな額の印税が預金通帳に積み重なっている。払えと言われたら払うつもりだが、ただネットカシオの配信にはスポンサーも関わっているはずで、個人でまかなうことができる賠償額なのか予想もつかなかった。

そんな想像をしているうちに、スタジオの最寄り駅に着いた。改札を出たところで、待ち合わせしていた嵐を見つける。番組で見せたあのスライディングのせいで、学校でヒーロー扱いされて居心地が悪いという。

「でしゃばりすぎた」嵐は頬をかく。「あのとき、俺が動かなくても警備員が対応してくれただろう。任せておいたらよかったな」

葉としては、お気の毒様、とも、そうだね、とも言いづらい。

「それより気になっているのは、自律主義者の三人だ。ときどきニュースを確認しているんだが、あれからどうなったのかわからない」

嵐の眉間が険しい。

自分たちは生命自律の正当性を主張するために出演した、と組人は明言していた。公開自殺に失敗した後、これ以上効率的な宣伝は望めないと判断したならば、もう彼らをこの世につなぎ止めるものはない。

「……まだ、だよね？　そんなことになったら、ニュースに出るはずだし」

「俺もそうだと信じたい」

いや、もしかするとすぐに気づかれないような僻地《へきち》で……葉の背中に戦慄《せんりつ》が走る。

それからは、スタジオに着くまで無言だった。

「や。三日ぶりー」

玄関で迎えてくれた響は、ユーチューバースタイルではなく、パンツにポロシャツという地味な出《い》で立《た》ちだった。久慈沢の番組をめちゃくちゃにしてしまった件への誠意だろうか？

「久慈沢さん、もう来てる。なんか、思ってたのと違う話かも」

ドアの奥のソファーを指さし、響が小声で告げた。

「おじさんさあ、契約、打ち切られちゃったよ」

挨拶《あいさつ》もそこそこに久慈沢は明るい声で切り出した。明るい話題ではない。

「……打ち切られたって、番組がですか？　久慈沢さんの仕事が？」

「両方さ！」

からりとした答えに、葉はかえって不安になる。

「尻尾切りだなようするに。雨宮君、会社の上層部に自律主義の過激な信奉者がいるかもって推測してたでしょう？　その辺りの追及がさあ、役員の中でうやむやに解決されちゃったの。『カクテル』に関してはあの三人が持ち込んだものって話になって、会社の責任は問われないって結論になってさ、現場の責任者がハラキリさせられたってわけ。つまり俺ね、あっはははははは」

なんでそんなに陽気なんだ……

「久慈沢さん、ナイフとか持ってきてないよね」

相当に失礼な響の発言も、ディレクター（元）はゲラゲラと笑い飛ばした。

「でもおじさん、優秀だから」久慈沢は顔合わせの際受け取ったものとは違うデザインの名詞を差し出した。

「引く手あまたなんだよね。ウェブギークに再就職が決まりました」

ウェブギークはネットカシオのライバル企業だ。最近、対抗してネット放送局を立ち上げたニュースが話題になっている。そこからお声がかかったというのなら、優秀というのは誇張《こちょう》でもないらしい。

「本日はね、君たち三人に、番組出演の依頼をするためにお邪魔したんだよ」

損害賠償の話でなかったことに安心しながらも、にこにこと顔を近付けてくる久慈沢に、葉は不信感を募らせていた。「あんなことがあって、俺たちが出演すると思ってるんですか。どんな番組かは知りませんけど」

「あんなことやらかしたのに、また誘ってくれるわけ？」響も驚いている様子だ。

「久慈沢さん、お薬飲んでない？」

「シラフだよお」シラフの方が恐ろしいようなテンションの高さで、久慈沢はガッツポーズを決める。

「まあとにかく、番組の説明を聞いておくれよ。この番組はね、討論番組なんだ！」

「同じじゃないですか」

葉はあっけにとられる。

「なんについて議論を戦わせるかというとね、有名アイドルを死に追いやった、生命自律主義の正当性についてだ！」

「同じじゃん！」響が愉快そうに首を動かす。

「出演者も共通ですか」嵐が冷静な声で訊いた。

「もちろん。組人君たちにも承諾してもらった。彼らも、あんな終わり方じゃ不完全燃焼だったみたいだね。ちなみに生配信だ」

「それって、打ち切り番組をそのまま別のネット配信で再開するって話だよね」

響の表情が、いたずら好きの小猿みたいにやわらかく歪んだ。「違反しない？　マスコミ業界の仁義とか、慣習とかに」

「知らないなあ、ルールなんて」

「久慈沢さん、言ってたじゃん。大人は権力に弱い生き物だって」

「それはそうだけどな。後で考えたら、おじさん、大人じゃなかったよ。年齢喰《く》っただけのクソガキだった！」

「うわあ、グロテスク」軽口を叩いた後、でも好きだよそういうの、と響はフォローも欠かさない。

いいかげんさに呆れつつも、葉は安心していた。「とりあえず、あの人たちが健在だとわかってよかったです。今度はウェブギークのスタジオで生配信ですか」

「それがさあ、組人君たち、目下、住んでるところから動けないらしいんだ。警察に言われてるんだって」

派手に自殺未遂をやらかしたからだろうか。

「これは知り合いの記者に教えてもらった話だけど、なんか、家宅捜索されたみたい。他にも『カクテル』を隠し持ってるんじゃないかってさ。でも見つからなくて、警察としてはあまり出歩かせたくないらしいよ」

その話が本当だったら、今度は目の前で自殺を決行される心配はないことになる。前よりも、議論に集中できるだろうか。

「それでさあ、できれば今から配信したいんだけど」

「えぇーっ」響が手の甲で頬を触る。「困るなあ、今日、お肌の調子がよろしくないんですけど」

「ごめんねえ。テレビもネットも、視聴者が飛びつくのは旬《しゅん》のネタだからさあ、前の騒動から日が開かないうちに撮りたいわけ」

「まあいっか、私十代だし。少々荒れてても、きれいだし」

不平をこぼしながらも、響に断るつもりはないらしい。嵐も傍らで頷いている。

「でも、あの人たち、いまさらもう一度議論できるつもりでいるのかな」

葉が疑問を挟むと、久慈沢が口をへの字に曲げた。「いきなり企画を全否定かよ！」

「俺も参加するつもりですけど、あっちがOKしたのが不思議なんですよ」

「確かにヤツら、全部放り投げて自殺しようとしてたもんね」響は軽蔑するように目を細めて、「死ぬのも失敗したし、尾戸君なんかは嵐君にやり込められちゃった感じだし、何を言っても盛り返すのは厳しそう」

「それなのに、やる気でいるみたいなのが不可解だよ」

葉はスマホでメモ帳機能を呼び出し、フリック入力を開始する。たった今芽生えた発想を、「小説化」して客観的に眺めたかったのだ。その前段階として、箇条書きで疑問符を連ねる。

・自律主義者たちは何を狙っている？
・この前のリベンジ？
・あり得ない。議題については言葉を尽くした
・集団自殺も難しいはず
・警察に監視されているのなら、もう『カクテル』は手に入らないはず

メモや記録を残し確認する作業は、それ自体が新しい思考を呼ぶ。記録に残す時点の葉と、それを読み返すときの葉は、完全な同一人物ではない。人格は刻一刻と変化しているからだ。

短文を重ねるうちに葉の中で自問自答が繰り返され、まとまった見解が像を結び始めた。

「生命自律主義の人たちは、討論でもなく、集団自殺でもない新しい何かを企んでいる……葉はそう睨んでいるのか」

スマホをのぞき込んでもいないのに、嵐に心中を言い当てられた葉は驚いた。「まあね、この前以上に議論が盛り上がるとは思えない。別の目的があるんじゃないかって」

「いやいや、案外、強固なロジックを用意して待ち構えているのかもしれないよ」配信を盛り上げたいのか、久慈沢は組人たちを信頼したいようだ。

「組人君だね、厳密に言うと、不気味なのは」

響も腕組みをして考えるポーズだ。三日前も、組人だけが別の目的を持っていたのではないかという話題が出ていた。あの三人の中で、組人がリーダー格なのは間違いないだろう。出演を承諾したのは、彼の意向が大きく働いているのかもしれない。

長谷部組人は何かを仕掛けようとしている？

仕掛けの対象は誰だろう？　自律主義者か、それとも葉たちのように彼らに異を唱える人々か、あるいは配信の視聴者、もっと大きな、「世間」を相手取っているとも考えられる。

（いずれにしても、会って確かめるしかないな）

組人たちの家へ出向かされるというのは、アウェー感があっていい気はしないけれど、事情が事情だから仕方がないだろう。

「車、もう手配してるから。もうすぐ来るからねー」

久慈沢に肩を叩かれ、葉はあわてて立ち上がる。心の整理がつかないまま、敵地へ向かう外なさそうだ。

葉たち四人に加え、カメラマンと運転手兼ADの二名を乗せたボックスワゴンは、東京郊外の丘陵地帯を目指していた。見えてきたのは、丸みのある丘の周囲をなだらかな坂道が取り巻く住宅地。その一角に、故・水渡千茉莉と組人たち自律主義者が共同生活を送っていた住宅があるという。

「この辺、土地とかお高いところじゃん」響が口笛を吹く。「千茉莉ちゃんが死んじゃったのにさ、土地の権利とかどうなってんの」

「それは心配ないらしい」久慈沢がタブレットを操りながら教えてくれた。「宅地も地所も、千茉莉ちゃんは無関係なんだよ。全部組人君の所有なんだってさ」

「はー、お金持ちの子かあ、組人君」響は揶揄するように肩をすくめ、「ご両親とかは？　息子さんが怪しい主義にかぶれちゃって心配してないの」

「すでに亡くなってる。天涯孤独だったんだよ、組人君はさ。親戚づきあいも皆無らしい。財産がそれなりに遺っていたらしくて、大学を中退してから、何もしないで暮らしてたんだってさ。千茉莉ちゃんたち三人は、ただで住まわせてもらっていたらしいよ」

丘の中腹に有料駐車場があり、そこから上は駐車スペースがないという話だったので、全員、ワゴンを降りる。車中の印象よりも、勾配《こうばい》がきつい。久慈沢と二人のスタッフは、マイクやカメラ、照明といった各種器具を運んでいるため、ふうふう息を切らしていた。

「ランニングによさそうだな」嵐がスニーカーで地面を踏みしめる。建ち並ぶ家々の壁は、視界に入る限り、すべてつやのない上品な白で統一されている。施工業者や建築家が共通しているのかもしれない。

「なーんか、あの人の絵みたい」白壁を見た響が首をひねっている。「アレ、誰だっけ。ルノワールの隠し子説のある」

「ユトリロかな」葉が名前を挙げると、響は指を鳴らした。「好きだけど、実際の風景だと寂しい感じだね」

そのまま雑談を重ねていた葉たちだったが、三度目の曲がり角を過ぎたとき、全員立ち止まった。画家が色加減を間違えたように、その住宅だけ白壁が黒く焼《や》け焦《こ》げている。警察のものと思われる黄色と黒のテープが周辺を遮断していたが、道が広いので通行に支障はなかった。

「火事かな？　変な位置だけ焦げてるね」通り過ぎながら、響は黒が濃い部分に視線を注いでいる。「ポイ捨てタバコが、ゴミに引火しちゃった感じかな？　お金持ちって、タバコ離れしてるイメージだったけど、そうでもないのかな」

「まさか、この家じゃないですよね」離れた位置に表札があったので、葉は走って確認する。表札には「山形」と印字されていた。

「この家じゃないよ。もっと上。ただ、まあ、表札ではわからないけどね」

久慈沢が意味の通らない言葉をこぼしたので、葉はディレクターの顔をのぞき込んだ。「どういう意味です？」

「そのままの意味だよ。組人君は、ここの元・住人の親族でね……苗字《みようじ》が違うんだよ。表札は古いままなんだ」

「はあ……？」

理屈はわかったが、久慈沢の居心地悪そうな態度が理解できない。葉が凝視を続けていると、

「怒らないでね？　組人君からの要望でさあ、前の番組では、彼が許可してくれるまで、肉親の名前は出さない約束になってたんだ」

名前？

首を傾げる葉に、久慈沢はすぐにわかるよ、と速足になる。

程なくして、丘の最高地点にある家へたどり着いた。

表札を見た葉は、一瞬、言葉を失った。

(そういうことかよ)

表札には「陰橋」と記されていた。

門扉の表札を前にして硬直する一同の中で、久慈沢は弁解するように唇を曲げる。

「弟さんなんだよ。組人君はさ、陰橋冬の。異父兄弟だったそうだ」

陰橋の親族。しかも兄弟。さらに話を聞く限りでは、一族最後の生き残り……

「いまさらキレたりしませんけど」胸をなで下ろす久慈沢に、葉は疑問を投げる。

「なんで隠しておく必要があったんです？　アピールした方が、あっちの有利になりませんか」

「タイミングを見計らいたい、って話だったな。番組の中で、ここぞっていう局面で、自分は陰橋冬の思想的後継者ですってブチあげるつもりだったみたい。でもホラ、それどころじゃなくなっちゃったから」

「あー、私のせいかあ」響が額を叩く。「私が自殺には自殺で対抗するようなパフォーマンスを選んだから、あっちが用意していたシナリオが吹っ飛んじゃったのかも」

「この件、今からの配信ではどう扱うべきですか」嵐が表札を眺めながら訊いた。

「まだ公表されていないのなら、俺たちも、陰橋の名前に言及するべきではないのでしょうか」

「いや、そこまで気は遣わなくていい。相手方に君たちが配慮してあげるのもおかしいし、ここに呼びつけた時点で、バラされても文句は言えないって話だよ」

話が変わってきたな、と葉は緊張を覚える。

調べた限りでは、これまで陰橋冬の親族がマスコミに姿を見せた記録はない。ここに至って初めて出自を公開する組人は、今から始まる第二ラウンドの振る舞い次第では、生命自律主義の指導者のような地位を獲得することも可能だろう。それが、前回の配信では使わなかった切り札だったとも考えられる。終わり際に見せた余裕の表情にも説明がつくだろう。

だとすれば組人の目的は別のところにあるわけではなく、あくまで自律思想を中心に据えているのだとも解釈できる。他に目的があると睨んだのは穿《うが》ちすぎだったのかもしれない。

とにかく組人が犬笛を吹けば、大勢の自殺志願者たちがそれに従うような事態につながりかねない。それだけは、なんとしても阻止するべきだ。

葉は嵐、響と視線を合わせ、無言で頷いた。事前準備はゼロでも、やるしかない。

「ちょっと待ってね。機材を確認するから」久慈沢と二人のスタッフが、持参していた各種機材の動作確認を始めた。この三人で、状況に応じて機材を使い分けるらしい。

「来る途中にも説明したけど、段取りをおさらいしておくよ。これから組人君たちに挨拶して、配信に使ってもいいっていう応接間に案内してもらいます。そこで相手方の許可が下りたら、配信開始です。メイクとか、大丈夫かな？」

ばっちり、と響が答えたので、久慈沢はインターフォンを鳴らした。

「……お待ちしておりました。お入りください」

返ってきたのは新川の声だった。門が開く。白壁の向こう側は黒い玉砂利が敷き詰められた庭で、壁に平行する向きに三棟の建物が見える。正面の母家が二階建て、左右の家が平屋建てだ。いずれも周囲の塀と同じ、ユトリロめいたつや消しの白で統一されており、母家と左右の家は、屋根付きの廊下でつながっている。

正面からは窺《うかが》えないが、母家の後ろにもう一棟あるとしたら、千茉莉、組人、尾戸、新川の四名は、別々の棟で生活していたのかもしれない。

葉がそんな想像をしていると、母家のドアが開き、新川と尾戸が現れた。

「とりあえず上がってください。詳しい話はそれから……」新川は生放送のときより顔色が悪いようだ。隣の尾戸も、少しやつれて見える。

靴をぬぎ、新川の先導で全員、廊下を進む。左側にトイレとキッチン、右手にバスルームと二階への階段が見えた。葉には、黙ったまま一同の後ろをついてくる尾戸が不気味に感じられた。あえて空気を読まない風の嵐がサッカーの話題を振っていたが、反応はなかった。

十メートルほど廊下を歩くと、リビングにたどり着いた。ソファーに座っていた組人が立ち上がる。

「みなさん、ご足労をおかけして申し訳ありません」

「いやいや、都内だからね」

久慈沢が持参していた土産の紙袋を渡す。今川焼きらしい。

「でも、駐車場から歩いてくるの、大変だったでしょう」

「いい運動だよ。途中で焦げてる壁があったけど、あれなに？」

「一昨日くらいに小火《ぼや》があったみたいで、警察や消防の方々が調べていたようです。放火の可能性もあるとか」

なんだろう？　ソファーに腰かけながら、葉は異様な緊張感を感じていた。前の番組でやりあった間柄《あいだがら》なのだから、リラックスできる相手でないのは確かだが、それ以上の剣呑《けんのん》さがたちこめている。とくに不可解なのが、組人の両脇《りょうわき》に座った尾戸と新川だ。監視するような視線を組人へ向けて露骨に放っている。

「雨宮君、最近、小説は書いていますか」

ふいに話題を振られて、葉は面食らった。この場で、組人だけが自然体に見える。

「書いてますよ。作家ですからね」強気に応じながら、葉は書いているうちに入るのかな、とも迷った。最近は、毎日の自分を「小説化」する以外でキーボードを叩いていない。発表するつもりのない雑記のようなルーティンワークを、創作の一つにカウントしていいものだろうか。

「素晴らしいことです。作家とは、物語を綴る生き物ですからね。それが駄文であれ、名文であれ」

何がおかしいのか、青年は身を揺する。

「雨宮桜倉さんは尊敬に値する作家さんでした。葉君も、お姉さんに負けないよう、がんばらないといけませんね」

なんでそんなこと、アンタに言われなきゃならない？

激情にかられる一歩手前で思いとどまった。安い挑発だ。

「言われなくても、俺は姉の後を継ぐつもりです。なにしろ、出版社の方から姉のパスティーシュを依頼されてるくらいなんですから」

「ああ、全集に収録されるという話でしたね」組人は興味を示すように身を乗り出した。「では、執筆にあたってお姉さんの作品を研究されたんですね」

「当然です。文体、ストーリー運び、登場人物の口調……姉の才能を、俺に憑依《ひょうい》させるつもりで分析を重ねました」

「それはすごい。でも、あまりのめり込みすぎるのも考えものですよ」組人は両手を上げて、手のひらをこちらへ向ける。「才能や思想、アイデアの類は作家本人にしか理解できない部分もありますからね。形のない概念だけでなく、実体を持つ外側にも注目するべきですね」

もしかして、純粋に親切心からのアドバイスなのか？　葉は戸惑う。どちらにしても、よけいなお世話には違いないのだが。

「もう組人さんには関係ない話じゃないですか」葉は反撃を試みた。「組人さんは、挫折《ざせつ》したんでしょう？　一、二回、選に漏れた程度で、作家の夢をあきらめたんだ」

葉の狙いは、組人の自尊心を刺激して激高させることだった。この青年の、とぼけた余裕を崩してやりたかったのだ。

「確かに僕は、あきらめたワナビーです」

しかし組人は揺るがなかった。

「でも、だからこそ、プロの作家さんに託したい願いもあるわけですよ。誰でもネットに発表したり、電子書籍を出版できるこの時代にどうしてデビューを目指したのか？　それは、大資本の力を借りて、より多くの人に物語を届けたいからに決まっています。なぜ届けたいのか？　物語の力で、世界を変えたいからです……自分の奥底にある世界に対する願望、こうあるべき、こうなってほしいという強い祈りを、蜜《みつ》のように、毒のように大衆の脳みそに注ぎ、草の根から世界を回したいと望んでいるからです」

そこまで言って、唐突に組人は立ち上がった。

「葉君、僕はあなたに期待しています。あなたの想像力と桜倉さんへの執着に、期待していますからね」

葉に向かって、深々と頭を下げる。

「ゴメン組人君、なんか高尚な話をしてるみたいだけどさ」

久慈沢が居心地悪そうに切り出した。

「そろそろ段取り決めたいんだけど、ここで撮り始めていいんだよね？」

「申し訳ない、すぐ終わりますから」

朗《ほが》らかな表情を崩さないまま、組人はソファーを離れ、葉たちが入ってきた廊下側のドアとは反対側へ回り込む。そちらにあるドアを開くと、渡り廊下が見えた。外から葉が推察した通り、奥にも離れがあり、この部屋からつながっているらしい。

「四、五分待っていただけますか？　詳しい説明は、尾戸君たちから聞いてください」

そう説明して、組人はドアの向こうへ消えた。施錠の音がした。

葉たちは、リビングに残された二人の自律主義者に視線を送る。尾戸がかすれた声で反応した。

「ちょっとだけ待機していてください。時間になったら説明します」

――五分が経過した。組人は戻ってこない。尾戸は無言のままだ。

「時間、過ぎたんじゃない？」響が催促するが、尾戸は答えない。

「ねー、もう、五分だってば」

尾戸は答えない。響は矛先を変える。

「新川ちゃん、あのドアの先って、組人君の部屋なの」

「……ちがいます。あそこは千茉莉さんの部屋でした。組人さんの部屋は、この建物の二階です」

「じゃあ、組人さんは、千茉莉ちゃんのいた場所で何をしてるわけ?」

ねえってば、と繰り返す響の追及に、新川は耐えきれなくなったのか、尾戸の方を向いた。

「もういいだろ。十分も経てば大丈夫だ」

尾戸が呟く。その重々しさに、葉は思い出す。この家の住人たちが、どういう主義主張の下に集っているのかという前提を。

「みなさん、だましてごめんなさい」

合成音声のようなたどたどしい発音で、新川が告げた。

「みなさんを、マスコミの人をここに呼んだのは——討論のためじゃないんです。生命自律を撮影してもらうためです。組人さんは、ドアの向こうで亡くなっています」

「本当にさあ!　かんべんしてくれよっ」

弾《はじ》かれるように立ち上がったのは久慈沢だった。ドアへ向かい、ノブをひねるが、当然、開かない。すぐに自分の座っていたソファーを持ち上げ、ノブへ叩きつける。それほど強固な構造ではなかったらしく、重みでノブが外れた。機材と一緒に持っていたらしいボールペンをノブの入っていた穴へ差し込み、中をいじり始めた。

「撮影、しといて！　趣旨は変わっちゃったけどさ」ディレクターは背後にいたスタッフの一人に指示を与える。もう配信どころではなくなってしまったが、報道関係者のはしくれとして、記録せずにはいられないのだろう。程なくしてスタッフのカメラから起動音が響き、同時に、ドアが開いた。尾戸と新川以外のメンバーが、渡り廊下へなだれ出る。

廊下の最後、離れの入り口にもドアがあり、当然ながら施錠されていた。一度リビングへ引き返した運転手が、ソファーを持って戻ってきた。久慈沢は、最初のドアと同じ作業を繰り返す。その手はさっきより震えていて、余裕がないように見えた。

ドアが開く。

最初に葉の目に飛び込んできたのは、千茉莉の自殺予告動画に映し出されていたものと同じ、白い壁に固定された本棚だった。

視線を下げると、テーブルの上に横倒しになった空のボトル。

そしてテーブルの下に、組人が横向きに倒れていた。

眠るように、口元には笑みが浮かんでいる。

「『カクテル』、持ってないんじゃなかったの……」響が呟く。葉も同感だった。陰橋の後継者である組人なら、『カクテル』以外の手段で死を選ばないだろうとたかをくくっていたのだ。久慈沢の話によると、この家は家宅捜索を受けたはずだった。警察は隠し場所を見落としていたのだろうか。

カメラマンがテーブルの向こうへ回り込もうとしたが、久慈沢が制止した。「やめとけ。警察が来るだろうから、このままにしとかないとまずい」

「いや、まだです」嵐が異論を唱えた。「まだ手遅れとは限らない。手当てをすれば間に合うかもしれません」

「どうかな。十分も待たせたのは手遅れにするためだろ？」久慈沢は渡り廊下の方を振り向いた。直立している新川の隣で、尾戸が目を見開いている。

「やってみる価値はあると思います」大股《おおまた》で部屋を横切る嵐に、久慈沢が呼びかける。「わかってると思うけど、人工呼吸はアウトだぞ！　それと毒薬が床にこぼれてるだろうから、うっかり触って嘗《な》めたりしないように」

頷いた嵐はテーブルの向こうに回り込み、周囲を確認した上で組人の手を取った。

眉をしかめ、すぐさま胸部圧迫に入ったところを見ると、すでに脈拍は止まっていたようだ。

とりあえず、葉はスマホで部屋全体を撮影する。隣でカメラマンも忙しくアングルを変えている。後々、何が重要になってくるものかわからないからだ。

「そうだ。AED！」葉が渡り廊下を振り向いた。「この家にはないの？」

「あるわけないじゃないですか」ドアの近くまで来ていた新川が、震えた声で言う。

「私たちの家ですよ？」

「私、覚えてる」響が甲高《かんだか》い声を上げる。「駐車場の自販機！　その下にあったよ」

カメラを抱えていない方のスタッフが、渡り廊下を走って引き返す。途中でぶつかった尾戸が、ふらつきながらドアの近くまでやってきた。歯がガチガチと震えている。その目が組人の方を向いた。

「なんでだよ」

その発言の奇妙さに葉たちが気づいたのは、しばらく経ってからのことだった。

「組人さん、なんで、なんで——死んじまったんだよ」

一部始終がスムーズに進行していたにもかかわらず、どうにもならない出来事は起こるものだ。

驚いたことに、スタッフがAEDを調達するために外へ出ていった二分後に警察がやってきた。来るときに見かけた小火の件で捜査中だったらしい。パトカーを借りてAEDを運んでこられたのはさらに二分後、救急車はその十分後に到着した。

しかし嵐が繰り返していた胸部圧迫も、AEDも、救急隊員によるその他の措置も、長谷部組人をこの世につなぎ止めるには足りなかった。

警官の指示でリビングに待機させられた一同は、全員、言葉を交わすこともなくテーブルの木目やユトリロの壁を眺めている。

(止められなかった)

ここが自分の部屋なら、葉は拳《こぶし》を壁に叩きつけたい気分だった。自殺を肯定する自律主義者との第二ラウンドは、開始される前に勝ち逃げを許してしまった。こちらは自殺を否定する立場なのだから、派手なやり方で死なれてしまうのは、これ以上ない完璧《かんぺき》な敗北だ。まもなくマスコミが群がってくるだろう。また、姉の名前が悪い形で強調されてしまう。

負け犬……

葉は組人が自身を同じ表現で呼んでいたことを思い出す。彼に勝ち逃げを許した葉たちは、何と呼ばれるべきだろう？

ところが、状況は感傷に浸る暇さえ葉たちに与えてはくれなかった。離れで組人を発見してから三十分と経たないうちに、建物の中は大人数の警察官が行き交う状態になり、騒がしい。目につくのは青い制服の鑑識班と、黒とグレーのスーツが混ざる刑事らしき人々。総勢、三十名はいるようだ。人一人の自殺に、ここまで大人数が出向いてくるものなのだろうか？　探偵物の作者として、葉が抱いているイメージよりも三倍くらい人が多かった。

「申し訳ありませんが、隣の家に移っていただけますか？　家屋全体を鑑識が洗いますので」

パンツスーツに、フード付きの白いミリタリーコートを羽織《はお》った女性が、葉たちに話しかけてきた。癖毛《くせげ》混じりのボブカットに、眠そうな目。身長は百七十センチ前後だが、猫背気味に身を丸めているので、警官にしては覇気が感じられない。徹夜明けの編集者みたいだな、とキャラを当てはめながら葉は立ち上がる。指示された通り、一同は隣の家に移動した。

陰橋邸から向かって右にある建物には表札がかかっていなかった。空き家を借りて捜査本部を立ち上げたのだろうか、と葉は訝しむ。対応が早すぎるし、やはりただの自殺に対して大げさに思われる。疑問を隠しながら、葉たちは応接間に通された。

一同が腰を下ろした後で、先ほどの徹夜後編集者風の女性が部屋に入ってきた。

「お知り合いが亡くなられた直後に申し訳ないのですが、みなさんにはお伺いしたいことがいくつかございます。お時間をいただくことをお許しください」

そう言って、彼女が提示した警察手帳に、葉は驚いた。

警視庁　刑事部　部内連絡・調整担当
管理官・舞子《まいこ》ノ《の》宮静流《みやしずる》警視

「管理官？」響の声がきんきん暴《あば》れている。「管理官って……あれじゃん、刑事物で、現場によけいな口出しをしてくる……」

「そうですね、だいたいドラマでは損な役回りです」管理官は豪快に笑った。「私、童顔のせいか、知らない方には下《した》っ端《ぱ》扱いされることもしょっちゅうですが」

「実際にお若いのでは？」嵐が言葉尻《ことばじり》をとらえる。「せいぜい俺たちと十歳程度しか違わないように見える」

「はい。二十九歳です。微妙なお年頃ですね」

自分で言うのか……フランクさに戸惑いながら、葉も話題に加わる。「それくらいのお歳《とし》で警視で管理官ってことは、キャリアってやつですか」

「やつですね。これも、フィクションではロクな役割じゃありません」

警察手帳をコートにしまい、舞子ノ宮は皆を落ち着かせるかのように微笑んだ。

「私の話はこれくらいとして、この状況について軽く説明させていただきます。みなさんの中には、警察の初動がやけに早かったこと、一件の自殺に不自然なくらい人員を割《さ》いている点を奇妙に思われている方もいらっしゃることでしょう」

「ああ、やっぱりイレギュラーなんですね。この流れ」作家として、警察機構に関する理解が間違っていなかった点に葉は安心した。「ひょっとしてこの家、あらかじめ警察の人が詰めていたんですか」

「雨宮葉さんでしたね。なかなかの理解力です」舞子ノ宮は親指を立てる。「ご明察の通り、この家には警官が常駐しておりました。目的は、お隣の監視です」

「私たちが国とか警察とかにケンカを売ってる、生命自律主義者だからですよね」

新川が喉を絞るように言葉を吐いた。

「人聞きが悪いですね。日本国憲法は表現の自由を尊重しています。自殺の素晴らしさをふれ回るだけの集団なら、国家権力はノータッチを貫きますよ」

ではなぜ、と葉は疑念をつのらせる。自律主義をかばう気持ちはゼロだが、別に彼らはテロリストというわけではない。そもそも、宗教団体のようなはっきりした組織すら存在しないのだ。

「自律主義者は、いえ、組人さんたちは、それ以上やばいことに手を染めてたんですか?」

デリケートな質問かと思ったが、管理官はすぐに答えてくれた。

「染めていた疑いがあります。具体的には、『カクテル』流通の国内における旗振り役」

尾戸と新川のほうを向いて、目を細める。新川は震える唇を噛みしめ、尾戸はうつろな目で空気を眺めていた。

「あまり知られていない事実ですが、『カクテル』による国内初の死亡者が陰橋冬さんなのです」

舞子ノ宮は右手で輪を作り、口元に動かした。服毒のジェスチャーらしい。陰橋の件は葉も初耳の話だったが、言われてみるとそうかと納得する。この睡眠薬の名前は、陰橋の死を境にマスコミを騒がせるようになったからだ。

「『物語論と生命自律』に感化され、自死を選んだ人たちはおおむね、『カクテル』を呷っています。それまで一般に知られていなかった睡眠薬があっという間に絶望した若者を中心に行き渡り、人を死なせるようになった以上、両者につながりを見出すのは無理もない話ですよね。我々は、陰橋冬と近しい位置にある者がカクテルを違法に製造、あるいは流通させていると睨み、調査を続けていました」

「『我々』っていうのは管理官さんの仲間のこと？　それとも警察全体？」

響が首を傾げる。

「私のお仲間と、その周辺ですね。摂取すると死に至る違法な薬物をばらまいているらしい誰かには、様々な部課が手錠をかけたがっているのです。違法薬物なら組織犯罪対策第五課、自殺幇助なら殺人犯捜査係というように。そもそも私の役職は、そういう各部課の調整を行うために新設されたのですよ」

「はーなるほど。それで警視さんが代表して説明してくれるわけか」事態の不可解さの一部が解けたためか、久慈沢は幾分か余裕を取り戻した様子だ。「ようするに、『カクテル』を密造して流通させてる悪の組織みたいなものの元締めが、組人君だったわけですか」

「もう少し複雑なんです」

舞子ノ宮は残念そうに自分の耳たぶを触った。

「両親を早くに亡くしていた組人さんは、かなりの資産家だった陰橋冬の遺産をすべて相続しています。その後、受け継いだ不動産のおよそ半分を処分しているんです。おそらく組人さんは、そのお金を使ってどこかに『カクテル』の製造施設を造り上げた。そしてそちらに常駐しているだろう製造担当者とは基本的にコンタクトを取っていない。担当者は自分の判断で『カクテル』を作り続け、自律主義者のSNS等に、某県某所に睡眠薬を隠したと情報を流す。連絡を受けた自殺志願者たちは、それが近場だったら急行し、自死の手段を手に入れる……そういう形で、『カクテル』は配付されている様子なのです」

「無料なんですか」嵐が目を丸くしている。

「麻薬みたいに、高値で取り引きされていると思いこんでいました」

「ええ。信じられないでしょうが、ボランティアなんですよ。だからこそ厄介なんです。お金の流れが存在するなら、ネットバンクの取引記録なんかを使って製造元を割り出すこともできる。でも金銭が介在しなかったら、そのルートさえたどれない。家宅捜索……いわゆる『ガサ入れ』をかけたことも何度かありましたが、陰橋家から、『カクテル』の製造者に関する情報は一かけらも見つかりませんでした」

「飽きもせずずかずかと入り込んできましたよね。この半年で、三回も」憎悪を露にする新川に、舞子ノ宮は涼しい顔で答える。「しらをきり通す、そちらも悪いのですよ？」

葉は圧倒されていた。人を死なせるための無償奉仕活動。そんなものに注がれ続けてきた、冷たい情熱に。

「とにかく我々は、日本各地に『カクテル』をばらまいている製造所がどこにあるのかまったく見当がつかない」

管理官はお手上げ、のポーズを取った。

「ですから苦肉の策として、このように隣の家で目を光らせたり、組人さんたちが外出する際には尾行を欠かさなかったり——」

舞子ノ宮は一同に流し目を走らせる。

「みなさんの番組に、刑事を観客として潜り込ませたりしていたんです」

目を瞬く久慈沢に、舞子ノ宮はにかりと歯を見せる。

「ところが本日、最重要ターゲットだった組人さんが亡くなってしまった……。私たちとしては、途方に暮れているのですよ」

(——そういう流れだったのか)

この管理官が現れて以降の違和感が解消されたので、葉は少しだけ気が楽になった。

とはいえ、勝ち逃げを許した不快感は残ったままだ。

「そんなわけで、本日、組人さんが自殺されるまでの経緯について、じっくりいやらしくお話を伺うことになりますが、ご了承くださいね」

それから舞子ノ宮による事情聴取が開始された。

一人一人部屋に通されて別々に話をするのかと思っていたら、そのまま応接間で聞き取りが始まったのは意外だった。最初は主に久慈沢が説明を担当した。組人から討論番組の続きを自宅でやりたいと電話がかかってきたこと、あわてて葉たちを集めた経緯などの説明だ。細かい部分で、葉や響が補足を加える。その後、管理官の興味は当然ながら、尾戸たち自律主義者へ移る。

「私たち、あの配信で『カクテル』を見せました」新川は気遣わしげに尾戸を見た。「『カクテル』は違法ですから、逮捕される可能性もゼロじゃなかった。結局怒られただけで済みましたけど、あれ、泳がせるつもりだったんですね」

「我々の目的は製造担当者でしたからね」

睨まれた舞子ノ宮だが、ポーカーフェイスを崩さない。「バラしてしまいますが、スタジオの後も尾行は継続していたのです。結果的には無駄骨でしたけどね。あなた方に接触を試みた人間は皆無で、何かを受け渡した様子も見受けられなかった」

「刑事さんが言う製造担当者に、私は会ったこともありません。たぶん、尾戸さんも」

新川があごで促すと、尾戸は無言で頷いた。舞子ノ宮はタブレットに何か入力しながら、「帰宅されてから現在まで、組人さんを含むあなた方三人は、外出されていませんでしたよね」

「はい。それも見張ってたんですね」

さっきから新川ばかり返事をしている。番組では威勢のいい方だった尾戸が、今では動揺のためか沈黙を続けていることが葉は気になった。組人の死に対して、尾戸の方がより深いダメージを負ったと解釈するべきだろうか？　そんな尾戸に興味を持っていない様子の舞子ノ宮は、引き続き新川を狙《ねら》い撃《う》ちにする。

「そうすると我々警察としては、組人さんの命を奪った『カクテル』がどこから調達されたものか、ぜひとも知りたいところです」

情報が錯綜《さくそう》している。葉は頭の中で重要事項をより分けるのに苦心した。「久慈沢さんに教えてもらったんですけど、配信の後にも、この家を家宅捜索したんですよね」

「はい、すみずみまで。ボディチェックも含めて」悪びれもせずに舞子ノ宮は認めた。新川の肌が赤みを増す。尾戸は聞き取れない小声でぶつぶつとつぶやき始めた。

「配信でのやらかしは、私たちにとって絶好の機会だったものですから。ですが、目当ての薬液は見つかりませんでした。番組で観たものと同じ空ボトルは何本か保管されていましたが、中身がなかったら意味はない」

笑顔のまま、管理官は猫背をさらに丸め、新川に顔を近付ける。虚勢が蒸発したように顔面蒼白《そうはく》になった新川と舞子ノ宮の間に、響が割り込んだ。

「こらこら、二人で話を進めない！　ごちゃごちゃしちゃってるけどさあ、スタジオを出た後の三人は、番組の中で見せたあの三本のボトル以外に、『カクテル』を持ってなかったって認識でいい？」

「おっしゃる通りです。繰り返しますが、薬液を隠す機会も、受け取る機会も皆無でした。『カクテル』は外では入手できなかった。そしてガサ入れした限り、家の中にも材料や製造施設の類は見受けられない。と、なると」

言葉を切り、舞子ノ宮は眼光を、葉たちの方へ躍らせる。

「『カクテル』は本日、番組の撮影にいらっしゃったみなさんのどなたかが持参されたとしか考えられません」

「はあっ？　どどどういう意味ですかね」

唇をぱくぱく動かす久慈沢に、管理官は優しい口調で補足をくれる。

「みなさんの中に、毒薬の製造担当、あるいはその関係者が混ざっていて、組人さんの自殺を助けたのではないかという意味ですよ」

——容疑者になっている。

遅ればせながら葉は、自分がとんでもない事態に巻き込まれつつあると把握した。ある意味、殺人の容疑者よりひどい嫌疑をかけられているのだ。この俺が、よりにもよって、人を自殺させる手助けをしたかもと疑われているなんて！

「不適切な疑いでは？　俺たちは、組人さんたちを自殺させないために出演したのですが」

嵐が代弁してくれたので、葉の怒りは少しだけ収まった。

「どうして、どうしてだよ」

傍らを見ると、また尾戸がぶつぶつとこぼしている。さっきよりは聞き取りやすいボリュームだ。

「組人、どうして、どうして死んじゃったんだよ……」

「嵐君の言う通りだよ。なんで自分たちの主張の逆に手を貸さないといけないわけ？」

無視して、響は舞子ノ宮につっかかる。「あーあ、頭良さそうだと思ったけど、やっぱりだめだね、キャリアの人はさ。現実を見てない」

「そうかもしれませんね」管理官はまったく動じない。「犯罪とはある意味、現実から外れたノイズですからね。だからこそ、その歪みは決して見逃さないつもりです」

そう言って、それまで無視していた尾戸に距離を詰める。

「尾戸陽一さん、たった今興味深いことをおっしゃいましたね」

このとき、葉もようやく違和感に気づいた。注目されたためか、うつろにかすんでいた尾戸の表情が、輪郭《りんかく》を取り戻し始めたように思われた。

「ああ、そうだ。俺は、そのことを教えなくちゃ」

「言い間違いや、言葉のあやではなさそうです」

舞子ノ宮はさらに距離を近付ける。

「あなたは口にされましたね。『組人、どうして死んじゃったんだよ』と。とても奇妙です。だってあなたたちは自殺を肯定する思想の持ち主で、今日、組人さんが『自律』されることを承知していたはずでしょう?」

現実に還《かえ》った代わりに、顔に苦渋を滲《にじ》ませ始めた尾戸に対し、管理官はなおも問いかける。

「教えてください。組人さんは本来、死ぬ予定ではなかった。違いますか？」

尾戸陽一が長谷部組人の自宅で生命自律主義者たちの共同生活に加わったのは、昨年の十月からだった。すでに同年春の時点で新川ひなたと水渡千茉莉は同居を開始しており、尾戸はメンバーの中で比較的新参だったことになる。ＳＮＳ上で組人に同居を奨められたのは陽一も他の二人と同時期だったが、春の段階ではまだ他人と共同生活を開始することに恐怖心が残っていたため、陽一だけ遅れて参加することになったのだ。

三軒の離れと本邸が渡り廊下で接続された屋敷《やしき》での生活は、適度にまじわり、適当に距離を取ることが許される居心地のいいものだった。

当初、陽一は千茉莉を警戒していた。なにしろ、人気絶頂のアイドルで、元オリンピアン。プライドの塊《かたまり》みたいな扱いづらい女に違いないと決めつけていたからだ。しかし同居開始から数日で、偏見だったと認識を改めることになる。

千茉莉はよく整備されたコンクリートの貯水池みたいな少女だった。波風は立たず、澄み切って、乱れることがない。感情がフラットなのだ。正確には、喜怒哀楽の揺れ幅が少ない。アクシデントが発生しても、スプーンの裏側でも眺めるように平然としている。あるとき、水渡は大人だな、と褒めたら、違うよ、子供なの、と返された。

「大事なものがね、見つからないの。スノボも楽しかったし、今のアイドルだって悪くない。でもたぶん、陽一君のサッカーや、ひなたちゃんの動画配信みたいに、うまくいかなくて悲しくなっちゃうくらい、のめり込んだりはしていないのよ」

「それでも成功してる。たいしたもんじゃねえか」

嫉妬を抑えつつ陽一は言った。

「大事なものじゃないから、成功できるのかもしれない」

千茉莉は人差し指で尾戸の眉毛を撫でた。

「お金を大事に抱え続ける人は、ギャンブルで成功できないでしょう？　それと同じ。スノボで無茶なチャレンジができたのも、二度と競技ができなくなったらどうしようっていう恐怖がなかったからよ」

やわらかい指先の感触に戸惑いながら、陽一は痛みにも種類があることを学んだ。

陽一にひなた、組人は、大事に思っていたものをつかめなかった。

千茉莉は、その反対だ。皆がうらやむ栄光をたやすく手にしながら、そのトロフィーの重さがわからない。

三人と一人は正反対だ。けれどもその四人が、緩やかとはいえ、同じ敷地の中で、顔を突き合わせてそれなりに仲良くやっている。それは悪くない毎日だった。

(本当に、死ぬしかないのかな)

陽一に、生命自律主義への疑念が芽生えたのも当然の成り行きだった。何も手に入らないまま、何も大事に思えないまま、ただだらだらと生き続けるのもアリではないのか？ いずれは死ぬつもりだった。共同生活は、命を捨てる前に陰橋の教えを世に広めるための下準備にすぎないはずだった。けれども、実際の活動と言えば、ときどき母屋に集まって、『物語論と生命自律』の解釈について議論を交わす程度。

やがて、陽一は期待するようになった。このまま、このまま、自律思想より、四人で集まっていること自体に意味を見出すようになり、いつしか、死ぬことなんて忘れてしまえるかもしれない……

そう思った矢先の出来事だった。千茉莉が、自死を実行したのは。

同じ屋敷に暮らしながら、陽一がそれを知ったのはＳＮＳからだった。千茉莉の自殺予告がアップされているという。急いで離れに駆けつけると、すでに千茉莉はことされていた。新川も、家主の組人さえも、千茉莉の決意を聞かされていなかった。

(ああ、同じなのか)

陽一は思い知る。スノーボードやアイドルがそうであったように、自分たち三人も、千茉莉にとって大事なものにはなり得なかったのだ。

「これは、本当に正しいことなのか？」

千茉莉の告別式が終わった夜、陽一は心の内を組人にぶつけた。

「わかんねえ。本当にわかんねーよ。こいつを読んで、世の中を後ろ向きにぶっとばしてやりてえって思ったのは本当だ。でも」

陽一は『物語論と生命自律』を握る手に力を込める。

「千茉莉が死んだのは、俺たちに断りもなく死んだのは、結局あいつにとって、この本の教えもどうでもよかったって話じゃねえのか？」

追い出されることも覚悟の上だった。

だが組人の答えは、陽一の予想を超えていた。

「正しくなかったとして、僕たちはどうしたらいいと思う」

「どうしたらって……」

「僕はけっこうな期間、兄の教えを至上のものとして喧伝《けんでん》してきたせいで、家系を知る人や警察からは自律思想の代表扱いされている。一緒にいる陽一たちも同類だと見なされているだろう。そんな僕たちが、いまさら、自律思想止めます、なんて公言したところで、許してもらえるだろうか」

「もらえねえだろうな……」

世間の罵詈雑言が目に浮かぶ。

「その本の影響も、それでゼロになったりしないだろうしね。本気で僕たちが生命自律思想を捨てたいのなら、よほどの覚悟が必要だよ。醜《みにく》く、格好悪く、後ろ指を指され続ける覚悟がね」

「なんか、アイデアがあるのか」

陽一には、組人の柔軟な対応が意外だった。もしかすると組人も、陽一と同じ疑念をずっと前から抱いていたのかもしれない。

「自殺に失敗すればいいんだよ」

組人は両方の人差し指で×を作った。「兄の推奨した『カクテル』が自律主義者の間で愛用され続けているのは、『きれいな死』という幻想を与えてくれるからだ。確かに睡眠薬を飲み干せば、安らかな最期は保証されるかもしれない。でもそれは、あくまで飲み干せたらの話だよね」

組人は、存在しない器を目の前に掲げる。

「生命自律主義のリーダーが、『これから自律を実行いたします』と格好よく宣言したあげく、『やっぱり怖い！　死にたくない！』って怖じ気《おけ》づいたら、全国の同志たちはどう感じるかな？」

「そりゃ失望するだろ。それから……」

発言に困る陽一を前に、組人は孔雀《くじやく》の羽根模様みたいに複雑な微笑を浮かべた。

「二の足を踏むだろうね。自分たちも、土壇場で醜態をさらすかもしれないって」

最初はぽつり、ぽつりと言葉をつなげていた尾戸だったが、話を続けるうちにだんだん生気を取り戻した様子で、次第に要領を得た説明が組み上がるようになる。

尾戸の説明には、舞子ノ宮も虚を突かれた様子だった。

「生命自律に関する疑問を組人さんにぶつけたのは、水渡千茉莉さんの告別式の夜。

そうおっしゃいましたね」

管理官は目を閉じ、こめかみを親指でつついた。

「そうすると、この前の討論番組に出演した時点で、すでに死ぬつもりはなかったことになりますね？」

「そうだよ。俺たちの目的は、あの番組の中で派手に死に損なうことだった」

葉は少なからず衝撃を受けていた。

あの番組で、自分たちは相手を論破したり目論見を指摘することで、自死を中止させようと尽力していたはずだ。その努力、無意味だった？

感情が視線で伝わったのか、尾戸は弁解するように肩を縮こまらせた。

「とはいっても、議論は真剣だったぜ？　俺が話した絶望は、実際に体験した感情だよ。あんたらを言い負かすか、最低でもいい勝負をしなかったら盛り上がらないからな」

それはそうか、と葉は考え直す。自律を肯定する理論武装をきれいに整えた後、格好悪く、やっぱり死にたくない、と泣きわめいた方が、視聴者を失望させ、信奉者を減らす結果につながるだろうからだ。

「なーんだ。つまり君たち、味方じゃん」

響があくび混じりに背筋を伸ばす。

「あのスタジオに、自死を広めたいメンバーは一人もいなかったわけだ。やべ、もしかして私、余計なことしちゃった？」

「……まあ、予想外の反応だったのは間違いねえよ」ばつが悪そうに、尾戸は歯をもごもご嚙《か》み合《あ》わせる。

あのとき、響はカッターを持ち出して自殺のフリをした。対抗して組人たちも『カクテル』を取り出した。その上で組人たちが、「自殺を肯定しておきながら、ぎりぎりで恐怖にかられる格好悪い連中」を演出したかったのなら、あの後でも機会はあったはずだが——

「俺だな」嵐が手を上げる。「俺が、ヒーローぶってスライディングなんてかけなかったら、そっちの目的は果たせていたかもしれない」

「いやいや、あの場で動いたのはえらいってば」

響がフォローを入れた。普通に考えて、あの状況で組人たちの真意を読み取れるはずがない。間違いなく、嵐の行動は尊いものだ。

「いや、ちょっと待って」

脱線しつつある。葉は肝心な疑問に気づいた。

「今の話が本当なら、この前の番組で『自殺失敗』に失敗した組人さんたちは、もう一度大勢の目に触れる状況で『失敗』したかったはずだ。だから久慈沢さんや俺たちに、収録を口実にこの家へ来てもらうよう頼んだ。そして部屋へ閉じこもり、時間を置いて自殺を決行したと新川さんたちに伝えさせる。当然、俺たちは部屋へなだれ込む……本当ならその段階で、組人さんは生きていたはずだ。死のうとしても死ねない無様な姿をさらす予定だった」

葉は尾戸を見据える。

「それなのにどうして、組人さんは死んでるわけ？」

「こっちが聞きてえよ！」

尾戸は頭を抱える。「なんでだよ、みっともなく生き残る道を選んだはずなのに、なんで死んじまったんだよ！」

「それは簡単な話じゃないか？」

嵐がもう一度手を上げた。

「死ぬつもりがなかったのに亡骸《なきがら》になっている。だったら、殺害されたと解釈するしかない」

「誰の手で？」

響の問いかけに、嵐は確証なんてないが、と断った上で、

「いちばん怪しいのは、製造担当者とやらだろう。管理官さんの話によれば、その人物は違法な薬剤を秘密裏に製造し、普及させるという危険な任務を一人で引き受けていたことになる。いや、一人とは限らないが――組人さんたちの心変わりは、彼ないし彼女にとって、ひどい裏切りに映ったかもしれない」

横たわる組人を葉は思い返していた。殺された。だとしたら、その手段は？

周囲を見回すと、多数の眼が忙しく動いている。最終的にそれらの視線は、一ヵ所に集中して止まった。

「え、なに」

久慈沢が不安そうにあごを触る。

「いや、それなら久慈沢さんが怪しいのかなーって」

あっけらかんと響が告げる。

「俺え？　なんでだよっ」

「いやいや、最初にドアをこじ開けたの、久慈沢さんだし、最有力でしょう。普通に考えてさ」

「ひでえなあ！　俺、組人君助けなきゃって必死で動いただけなんですけど！」

「でも、久慈沢さんならできちゃうからなあ」悪びれもせず、響は舞子ノ宮に確認する。「検死とか、もう終わってるの？　組人君は、『カクテル』で死んじゃってることは間違いないのかな」

「申し訳ありません。まだ搬送が終わったばかりですね」舞子ノ宮はスマホに眼をやってから答える。そんな情報、ばらしていいのかと葉は訝ったが、あえてありのままを伝えることで油断を狙っているかもと考え直した。

「じゃあとりあえず、『カクテル』で死んじゃったものと仮定するね。先頭でドアを開けた久慈沢さんなら、ドアをこじ開けるふりして、小型のスプレー缶みたいなものを取り出して、『カクテル』をドアの鍵穴から噴射したりできるんじゃない？」

思いつき、と切り捨てるのは難しい指摘だった。久慈沢は黙り込んでしまう。

死に損なった演技をする必要がある組人は、誰かがドアの前にいると把握したなら、近づいて確認するだろう。その瞬間を見計らって、ドア越しに毒液を噴霧する。まともにスプレーを吸い込んでしまった組人は、せめてこれ以上の被害は避けようと、テーブルの奥に回った直後に意識を失い、絶命した――

「可能か不可能かで言えば、可能な手口ではありますね」

舞子ノ宮は口元を撫でながら、

「ただ、失敗した場合のリスクが高すぎるのでは？　多少の噴霧では、意識を失わないかもしれませんし、霧が逸れて吸引されないケースも考えられます。その場合、命拾いした組人さんは、『誰かにドアの鍵穴からスプレーされた』と証言しないはずがない。そうなったら、即座に破滅です」

「ああー、だめか。適当言ってごめんなさい」

「いえ。組人さんに自死の予定がなかったとしたら、亡くなられたことに説明がつかないのは確かな話です。ただ、尾戸さんおひとりの証言だけで決めつけるわけには行きませんので」

管理官はしばらく黙っていた新川に水を向けた。

「新川さん、組人さんが自殺ではなく、自殺の失敗を演じるつもりだったという尾戸さんのお話、間違いありませんね？」

ぎこちない声で、新川は答える。

「いいえ」

ソファーが揺れるほど動揺を露にしたのは、尾戸だった。

「いいえって、何言ってんだよ」立ち上がり、新川に詰め寄る。「組人はちゃんと説明してくれただろ？　たしか、告別式の次の日だ……俺とお前の前で、改めて方針を説明してくれたはずだろうが」

「確かに組人さんは、自律を止めにすると私たちの前で語りました」

新川は不快な染みを見つけたような視線を尾戸に送る。

「でも、後になって教えてくれたんです。尾戸が生命自律に疑念を持ち始めたから、適当に話を合わせた、って」

尾戸の顔色が蒼白に変わったかと思うと、たちまち赤く染まった。

「嘘だ！　組人が、俺を騙す理由がどこにあるんだよっ」

三十センチ以上背が高い尾戸に詰め寄られながらも、新川は怯まなかった。

「知ってたら、尾戸さん、間違いなく私たちの自律を妨害するじゃないですか。だからごまかしたんですよ。自殺に失敗するフリをするフリをしたんです。これなら尾戸さんも、ぎりぎりまで私たちが本当に死ぬつもりだって気づきませんからね。あの番組の中で、組人さんと私は本当に死ぬつもりだったんですよ。何も知らない尾戸さんは生き残っちゃいますけれど、二人死んだらそっちのインパクトの方が大きいでしょうから、後に続く視聴者も出てくるって考えてたんです」

「てことは私と嵐君のせいで自殺が妨害されちゃったから……」

やや混乱している風の響が、指先を回転させている。

「しきり直しになって、やっぱり今日、組人さんは死ぬつもりだったたって話？」

「はい。私が一緒に自律を実行しなかったのは、万が一、尾戸さんに気取られた場合に対応するためです」

「違う。絶対に違う。俺に約束してくれた組人は、でまかせを口にしてる感じじゃ絶対になかった！」

尾戸は新川の襟元をつかむ。

「嘘つきめ。裏切り者め。そうか、お前が組人を殺しやがったな。組人の口を封じて、本当は自殺するつもりだったなんて言い張るつもりだろう！」

そのまま新川の首を絞めかねない勢いの尾戸だったが、怒声を聞きつけた警官が部屋になだれ込んできたため、歯噛みして身を引いた。離れても、新川を睨み続けている。

「私は嘘なんてついてません」

なおも新川は怯まない。

「裏切り者はあなたの方ですよ。尾戸さんは自律思想を捨てた。私は違います。千茉莉さんも組人さんも、自分で自分を物語に変えたんです」

（こんな事態になるなんて）

葉は胸中に巻き起こる複雑な反応を認識した。自分は陰橋の思想とその信奉者たちを憎悪し、敵視もしていたが、惰弱とは思っていなかった。とくに討論番組を経た後は、彼らの手強さを認めていた。自分の弱さや絶望を直視した上で、手段を選ばず理想を実行しようとする真摯《しんし》な敵対者だと見なしていた。尊敬すべき火花だった。

——本当はどっちなんだ？

尾戸の言うように、組人は自律思想に疑念を抱き、自死を否定するはずが何者かによって殺害されてしまったのだろうか。

それとも新川の主張する通り、あくまで陰橋の教えを守り、自ら死を選んだのだろうか。情報を整理できない。それぞれジャンクなのか、黄金なのかさえ区別できないから、判断が下せない。

長谷部組人は、つかみどころのない男だった。死に際さえもゆらゆらと謎めいたまま、陽炎《かげろう》のように去ってしまったのだ。

第五章　遺言と挑発

三日後。

長谷部組人の死はそれなりにマスコミを賑わせてはいたものの、その興味は彼が投資家でもあった陰橋から受け継いだ三十億という莫大《ばくだい》な遺産に集中していた。

水渡千茉莉の死と関連づける報道はあるものの、ネットも出版物も地上波も、過剰に煽情的な論調ではなかった。組人の自死を食い止められなかった葉には歓迎したい風潮だったが、自律主義の影響力を低下させたい身としては、喜んでばかりもいられない。

おそらくマスコミとしては、尾戸と新川のどちらの主張が正しかったのか、軍配の向きを見極めたいのだろう。捜査が進み、旗色が鮮明になれば人道的配慮をかなぐり捨て、センセーショナルに騒ぎ立てるかもしれない。

今振り返ってみると、自殺を公言していた組人が「失敗」して無様をさらすという展開は、自殺者を減らしたい葉にとってベストに近い構図だった。けれども尾戸がその計画を告白してしまった以上、めざましい効果は望めそうにない。

葉は自宅のベッドでスマホを触り、ネットニュースを観ている。

一連の出来事を、前向きにとらえる余地がないわけでもない。

葉にとって最悪の状況は、討論相手の三名が三名とも自死を実行するというパターンだ。確かに組人は落命した。しかし残された二名のうち、狂言自殺説を固持している尾戸に自殺の心配はない。新川にしたって、自律主義の信奉者としては組人の死が確実に自殺だったと証明しなければならず、いますぐ彼の後を追ったりできないはずだ。

さらに最初の討論番組は自律主義者の自死失敗で終わり、配信される予定だった続編も、組人が約束を破ったせいで成立しなかった。

結果的に少なくない視聴者が、自律主義者に対して、不誠実な連中、という反感を抱いたとも考えられる。ひいては姉の小説と彼らを結びつける視線も、次第に解けていくはずだ。

（だとすると、もう俺にやれることは終わったんじゃないのか）

葉は迷う。気持ちにピリオドを打ち、日常に戻るべきじゃないだろうか。自律主義とは無関係に、純粋な憧れから桜倉の背中を追い続けるという、過酷でやりがいのある毎日に。それが賢い選択なのだろう。

だが、引っかかる。消化不良だ。


「雨宮さん、以前に長谷部さんとお会いしたことは？」

組人の死が確認されてから数時間後、葉たちは最寄りの警察署へ案内され、一人ずつ会議室のようなスペースに呼ばれて、個別に質問を受けた。警察が到着するまでの各自の行動を洗い直すのが目的だろうと当たりを付けていたので、自分と組人の関わりについて問いただされたのは予想外だった。

「いえ、あの人と会ったのは番組の数日前が初めてでした」

ありのままを伝える葉だったが、管理官は納得していない様子だった。殺風景な会議室。新品らしいパイプイスの光沢が包丁やメスといった剣呑な刃物を連想させる。

「SNSなどでやりとりした相手に、今思い返せば長谷部さんだったかも、という人物は見当たりませんか」

「いないと思います。俺、ツイッターは宣伝にしか使ってないし、友達のＬＩＮＥは本名ですから」

葉には舞子ノ宮の着眼点が不可解だった。なぜ、自分と組人の間柄を邪推するのだろうか。

「では、番組で言葉を交わした程度の間柄である雨宮さんに対して、組人さんが遺言を残したのはどうしてだと思いますか」

その話か。確かにその点は、葉も、もやもやと持て余す部分だった。遺言とは、ドアの向こうへ消える前に、組人が投げかけてきた言葉を指しているのだろう。

「雨宮君、最近、小説は書いていますか」

「素晴らしいことです。作家とは、物語を綴る生き物ですからね。それが駄文であれ、名文であれ」

「才能や思想、アイデアの類は作家本人にしか理解できない部分もありますからね。形のない概念だけでなく、実体を持つ外側にも注目するべきですね」

「葉君、僕はあなたに期待しています。あなたの想像力と桜倉さんへの執着に、期待していますからね」

あのときは漂う上から目線に苛立《いらだ》っていた葉だが、組人が自殺を決意していたのなら、何か自分に重要なメッセージを伝えたかったのだと解釈できなくもない。自殺失敗の演技をするつもりだったとしても同じだ。誰かの妨害により、自死に偽装して命を奪われるかもしれないと予期して、葉にしかわからない暗号の類を撒《ま》いたのか？

「舞子ノ宮さん、警察の見解を教えてもらえますか」

葉は背の高い管理官の影と、本人の顔を見比べる。

「警察の人は、組人さんの死をどっちだと推測しているんでしょう」

「警察は予断をもって捜査にあたることはありません」

管理官はにべもない。

「どちらの可能性も平等に考慮しています」

「……そういう建て前はいいですから」

「公僕ですからね。建て前をかなぐり捨てたら終わりです。そう言う雨宮さんは、どのようにお考えで？」

　はぐらかされた不快を収納しながら、葉は想像を組み上げる。「どっちかと言うと、自殺の可能性が高いような気がします」

　それは葉の願望とは反する推測だったが、こちらの方があり得そうなのだから仕方ない。「あれが自殺じゃなかったとしたら、誰かがなんらかの方法で組人さんを殺さなきゃいけない。最初に、響さんが久慈沢さん犯人説を持ち出しましたけど、管理官さんの言う通り、あれは偶然に頼る部分が多すぎる」

　ドア越しに、『カクテル』の霧を噴射するというアイデアだった。薬剤が届くかどうか、ギャンブル性が高すぎるという理由で舞子ノ宮に否定されている。

「舞子ノ宮さん、組人さんの死因が『カクテル』なのは確実なんですか」

「それは確定しました。検死結果が出ています」管理官はスマホをのぞき込んでいる。「死因は『カクテル』の構成要素であるペントバルビタール系薬剤と、アルコールの同時摂取による血圧降下であることは間違いありません。テーブルに落ちていたボトルの口から、組人さんの唾液《だえき》も検出されています」

　すると、組人がボトルに口を付けたのはほぼ間違いないという結論になる。

「じゃあ、自殺の可能性がますます高くなる。組人さんが自殺失敗の演技をする予定だったとしたら、あのボトルには最初から毒液が入っていたはずです。後でボトルを調べられたら、死ぬつもりはなかったとバレてしまいますからね。犯人が存在するなら、毒入りを承知の上で、組人さんに飲ませないとダメだ。そんな方法ありますか」

「ありますよ。脅迫すればいいのです」

あっさりと、管理官は非道な手段を挙げた。

「それは、思いつかなかった」

葉は頭を掻《か》いた。それでおとなしく死ぬなんて組人のキャラクターにそぐわない気もするが、ないとは言い切れない。自殺の可能性が高いと、断言できなくなってしまった。

「雨宮さん、あのお屋敷の近くで、小火が発生したのをご存じですか」

思考の間隙《かんげき》を縫うように、意外な質問が飛び出した。

「壁が黒焦《くろこ》げになっていたのは知ってます。あれ、この事件と関係あるんですか」

「あるのではと疑っています。現場で変わった形状のネジが発見されたからです」

ネジ？　話の流れが葉にはつかめない。

舞子ノ宮はスマホをかざし、画像データを見せてくれた。言われてみればネジに見えなくもないというレベルの、黒い塊が映っている。

「半世紀近く前に、アメリカを騒がせたユナボマーという爆弾魔をご存じでしょうか？　彼は最初期の犯行の中で、細部まで手作りの部品で構成された爆弾を使用しています。部品の調達方法から足がつくことを嫌った、細心で狡猾《こうかつ》な手法だったのですが」

管理官は人差し指を何度も回転させる。途中で気づいたが、ネジのジェスチャーらしい。

「逆に言うと、流通している品物と一致しないような変わった形の金具が火災現場で見つかった場合、怪しい、と考えるべきなのですよ」

「『この辺りを火の海に変えてやる。いやなら自殺しろ』と脅したわけですか？」

やはり葉にはしっくりこないイメージだ。あの男、他人のために命を放り捨てるほど、殊勝《しゅしょう》な性格だろうか？　まあ、絶対にしないと断言はできない。

「そんなわけで、我々警察としても自殺・殺人の両方の線で進めざるを得ないのですよ」

管理官はゆっくりと合掌する。

「ですので、長谷部さんが雨宮さんに有意義なメッセージを託されたのではないかと、ほんのちょっぴり期待しております。何か気づいたら、いつでも連絡してくださいね」

「すいません、あんまり関係ない話題になりますけど」

聴取が終わりに近づく気配を感じたので、葉は以前から警察関係者に聞きたかった質問を投げかけた。

「個人的な見解でもかまわないから教えてほしいんですけど、警察の人は、陰橋の自律主義をどう評価していますか？」

「私個人としては、警察業務の効率化につながるのではと見ています」

効率化？　謎めいた表現だ。

「仮に、日本国内すべての自殺志願者が、『物語論と生命自律』の影響を受けて自伝を残し、『カクテル』を摂取して命を絶つという状況になったとします。その場合、警察の業務は以前より楽になるのですよ」

「業務とはこの場合、検視業務のことですか」

「そうです。日本の検視制度はかなり手厚いもので、医師の管理外で発生した事柄が原因で死亡したと思われる場合は、高い確率で『変死』扱いとなり、検視手続きが発生します。それはつまり、警察官と監察医の人件費が発生するという意味です。これは警察業務の中で、軽視できないパーセンテージを占めているのですよ」

幼《おさな》いころ、自宅で亡くなった曾祖母《そうそぼ》のことを葉は思い返していた。ひいばあちゃんは三桁《けた》直前の超高齢者だったのに、鋭い目つきの刑事さんがやってきて怖かったのを覚えている。

「そうか。人間が死ぬパターンには色々あるから、その都度検視作業には細かい配慮が求められる。自殺だって同じだ。首吊《くびつ》り、入水《じゅすい》投身……それぞれ、他殺された可能性はないか詳しく調べなきゃならない。でも」

「はい、すべての自殺者が『カクテル』を使用するようになれば、疑うべき部分も類型化が進むでしょう。刑事も監察医も、それまでの煩雑な仕事からある程度解放される。自律主義は、私たちの仕事を減らしてくれるのですよ。浮いたコストをより優先度の高い凶悪事件に回すことで、さらなる効率化も見込めます」

非・社会的な行為であるはずの自殺が、警察の、ひいては社会的なコストを削減する効果につながるかもしれない。葉は、世界の皮肉を感じずにはいられなかった。

「つまり舞子ノ宮さんは」

葉はおそるおそる訊く。

「信条的には、組人さんたちの味方なんですか」

「いいえ、まったく」

冷ややかに管理官は言い放った。

「ドラマや小説に登場する総合職試験合格者なら、それをよしとするかもしれませんね。けれども私はクソくらえです」

「どうしてですか？」

「なんとなく、気に食わないからです」

葉は、だんだんわかってきた。この人、平均的な警察官僚じゃないな……小説にキャリアを登場させるときも、モデルに使わない方がよさそうだ。

——こうして現在に至るわけだが、何も思いつかない。

(もう少し、本腰を入れて考えてみるか？)

葉はノートパソコンを立ち上げ、テキストファイルに単語を打ち込んだ。

・長谷部組人
・俺
・隠れメッセージ

一旦《いったん》、タイピングを停止した後、追加で単語を入力する。

・長谷部組人
・俺
・隠れメッセージ
◎小説
◎実体
◎桜倉

付け加えた◎三つは、組人の発言から抜き出したものだ。ここにメッセージ性があるとしたら、何を読み取るべきだろう？

葉はブラウザに「長谷部組人」と打ち込んだ。ネットニュースや新聞のＷＥＢ版がヒットする。内容は当然ながら、自死や数日前の討論番組、彼の兄に関する記述が中心だ。

ふと思い立った葉は、検索条件で時期を設定する。長谷部組人の名前で、一週間以上前にヒットするサイト、つまり今回の事件と無関係な記述を探そうとしたのだ。

ヒットした中で最も古かったのは、有名な小説投稿サイトだった。組人は、自作の小説を本名でネットにアップしていたのだ。作者コメントも残っている。

――以前、某文学賞に応募したものの、最終選考で落選してしまった作品です。

――自分の夢に対する供養のつもりでアップしました。どなたか一人でも気に入っていただけたら幸いです。

サイトには原稿用紙換算のページ数が記載されている。百枚程度の分量だったので、葉は目を通してみようと決める。参考になる事柄があるかもしれないし、純粋に、長谷部組人という男の作品に興味もあったからだ。

物語は独立系シアターにアルバイトとして勤めている五人の若者を中心とした群像劇だ。

全員、勤め先の給料の安さと待遇の悪さに不満を抱いており、いつか正社員に上り詰めていい暮らしをしたいと願っているが、例年、採用人数は限られている。限られたパイを巡って陰湿な足の引っ張り合いを繰り返す五人には、協力して待遇改善を会社に求めるという発想がまったく浮かばない。その対立を巧みに利用しているのが、人件費を抑制しようともくろむ名門大学卒・正社員の人事担当者だ。サービス残業を引き受けたら正社員の道が開けるという甘言を信じてブラック労働に身を委ねる主人公たちは、次第に疲弊し、ある者は体を壊して会社を去り、ある者は精神に変調をきたして飛び降り自殺を遂げる——そういう救いようのない筋書きだった。

読了後、ずしりと疲労がこびりつく。社会人経験のない葉だが、自分より少し年長の人たちが直面している世界の残酷さについては理解していたつもりだ。夢を追う若者たちをカモにしたやりがい搾取。彼らの嘆きの上に成り立っているエンタメ業界の闇。ぬるま湯で溺死《できし》させるような圧迫感がひたひたと伝わってくる傑作だ。

数年前なら、何かしらの文学賞を受賞することも難しくなかっただろう。

(でも、時期が悪かったよなあ)

葉は心の底から同情する。討論番組のナレーションが評価していたように、この作品は、時代を反映しすぎている。そのせいで、あっという間に時代遅れになってしまった。若者の苦労や絶望を描くなら、決して欠かしてはならない出来事が世界を覆ったとき、すでに書き直しや加筆が成り立たない段階まで完成に近づいていた。だからいずれの文学賞も受賞できなかった。

世の中が変化しなかったら、組人はひとかどの作家として栄冠を手にしていたかもしれない。

同情を拭った後で、葉は何か、不定型の鍵《かぎ》を拾ったような感触を得た。

この小説自体が、明確なヒントになったわけではない。

ただ、長谷部組人が構成力に優れた作家であることは理解した。すると疑念が生まれる。これほどの力量を備えた創作者が、自律思想なんかに満足できるものだろうか？

　陰橋冬は、世界が物語の押しつけで成り立っていると決めつけて、自死を遂行することで自分を物語化する行為が世界に対抗する術だと語っていた。けれども、いくら理屈をこねあげたところで、それは陰橋の世界観であり、『物語論と生命自律』に従って自殺する人間は、自身ではなく、陰橋の物語に取り込まれているとも言える。何一つ、自由なんかじゃない。

　長谷部組人、そんなみじめな死に方で、本当に満足だったのか？

　そうじゃなかっただろう、と葉は信じたい。兄の妄念に操られていたのではなく、組人は彼自身の物語を実現するために生きていたのではないだろうか。

（だとしたら、死の直前、俺に語りかけたのは）

　挑戦だ、たぶん。葉は決めつける。自分が何をしようとしているのか、見抜けるか、理解できるかという挑発に違いない。

　受けて立ってやる、と葉は笑う。

いいだろう。これも勉強だ。俺はオリジナルより、オマージュやパスティーシュに重きを置く小説家だ。その心がけで、雨宮桜倉を理解し、彼女の小説を受け継ごうとしている。

だったら、訓練の一環として、別の創作者で学ぶのも悪くない。

組人、この不可解な状況がお前の「作品」だったとするなら――俺が解剖して、暴いてみせる。

葉はテキストファイルに文字を追加した。

長谷部組人は自殺したのか？

長谷部組人は殺されたのか？

結局、長谷部組人は何を目指していたのか？

◆

テキストはそれを書き留めた作者の意図通りに保存、管理されるものとは限らない。とくに作者の死後、発掘された未発表原稿が編集者や遺族の判断で出版される例などは、珍しくもない話だ。

つまり現在進行形で雨宮葉が打ち込み続けているこの文章もまた、葉の意向を超えて、いつか、どこかで読者の目に触れる可能性だってゼロではないということだ。

自分自身を客観視するために、毎日を『小説化』しているという葉の習慣については、すでに本文中で言及した。この文章に読者が存在していると仮定して、その人物に伝えておきたい。

実は、この文章自体が、その『小説化』された毎日の集積なのだ。

葉は——この文章の作者である「俺」は——このテキストをどこかへ発表するつもりなんてない。けれども、桜倉の遺した原稿を全集に追加することを許可した身としては、自分の意図しないところでこの文章を読む誰かがいたとしても怒るわけにはいかないだろう。だから読者には気兼ねなく読み進めてもらいたいと伝えた上で、一つだけ断っておきたい事柄がある。

読者がこの文章を読んでいる「今」はいつだろうか。二〇二六年か、二〇三二年か、二〇四八年か——もし二一〇〇年や、三二〇〇年というはるか未来だったら、ウィキペディア等で（そんなものがまだ存続しているとして）二〇一九年から数年間の歴史的事実を学んでもらう必要があるだろう。

つまり、ＣＯＶＩＤ－19によるパンデミックが引き起こした様々な事柄について。

この時期に発表された物語の中には、この数年間を舞台にしながら、ウイルスやマスクなど存在しないような社会を描いているコンテンツも少なくなかった。それは責められるべき話ではない。誰だって、フィクションの中でくらい、窮屈で陰惨な毎日を忘れたくもなるだろう。

けれどもこの『小説』に関してそれは許されない。この先を読み進めるなら、パンデミックの時期に発展したあるささやかな技術について想定してもらう必要があるからだ。

見知らぬ読者には、その点を留意していただきたい。

◆

突破口が見えたのは、その翌日だった。

葉は、組人が亡くなっていたあの部屋に、何か手がかりが残されていないか確かめたくなった。現場にいたのはたった数分間だったが、ぬかりなく死体の周囲を撮影していた。あの部屋は水渡千茉莉が自死を実行した部屋でもあるため、彼女の自殺予告動画と今回の録画映像を比較することで、何か重要な事柄に気づくかもしれない。そう思い立った葉は、まだ消去していなかった千茉莉の動画を再生した。

アイドルが自分の性分について振り返った後、ファンに別れを告げるだけのシンプルな映像をスマホでオートリプレイしながら、葉はなんとなく芽生え始めた違和感の理由を探す。

（そうか、本棚だ）

予告動画の本棚はカメラがその前にいる千茉莉にフォーカスしているため、背表紙の書名は不明瞭だ。

そのためこの動画が配信された三ヵ月前と現在で、本棚の中身が変わっていても普通は気づかない。それでも葉は、眺め続けるうちに、はっきりとラインナップの違いに気がついた。

（桜倉の全集がなくなっている）

一瞬で見抜くべきだろ、と葉は舌打ちする。葉にとっては見慣れたデザインの全集が、組人が死んだ時点の本棚には、一冊も見当たらなかった。

そして反対に、千茉莉の動画には映っていないのに、組人死亡時の棚に入っていた一冊がある。

水渡千茉莉の自伝だ。

生命自律主義において、自伝は重要な位置を占めるアイテムであるはず。自分の自殺を予告する映像で本棚の目立つ場所に並べておいてもおかしくないはずだ。それなのにこの動画には映っていない。千茉莉の体に隠れているのかもと思ったが、彼女は動画の中で何度か立ち位置を変えており、そのタイミングで本棚は全体が映っている。やはり、自伝らしき背表紙は見当たらない。

自律主義者は自伝を用意した後、それを国会図書館に納本してから自死を遂げている。千茉莉の自伝は間違いなく納本されていることを確認済みだ。

するとこの前、目にした一冊は、その複本ということになるだろうか。通常、自費出版であっても、一冊だけ本を刷るというケースは珍しい。だから同じ本が国会図書館以外に存在するのはあり得るとしても、自殺予告の動画に見当たらないのはどういう事情だろう?

じっくりと画像の本棚を眺める。最初は気にも留めなかったが、縦幅がずいぶん狭い本棚だ。単行本が、ぎりぎりのスペースに収まっている。市販の本棚なら余裕をもって作っておくはずなので、素人が、後から壁に打ち付けたものとも考えられる。狭い本棚。

姉の全集と、千茉莉の自伝。

二つを重ね合わせたとき、天啓のように閃《ひらめ》きが落ちてきた。


一時間後、葉は陰橋邸の表札の前に立っていた。インターフォンを押すと、すぐに門が開き、舞子ノ宮が出迎えてくれた。

「忙しいときに時間を取らせてすいません」

恐縮する葉に、かまいません、と管理官は首を横に振る。「現場百遍というやつです。ちょうど鑑識を連れてもう一度検証に来る予定でしたから」

舞子ノ宮によると、尾戸と新川はまだ邸内にいるらしい。警察は千茉莉と組人が死んだ部屋だけを立ち入り禁止にして、再度証拠物の採取を行っているそうだ。

「自殺があった部屋、俺が入っちゃだめですよね」

「ダメですね。それが電話でおっしゃった、私に頼みたいことですか」

「俺が直接入らなくてもいいんです」

葉は持参していた鞄《かばん》の中から、桜倉の全集の一巻を取り出した。自宅の書庫から持ち出してきたものだ。

「こいつを、あの部屋の本棚に並べることが可能かどうか、試してもらいたいんです」

「お姉さんのご本ですね」

瞬きをしながら、舞子ノ宮は受け取った。

「これを見てください」スマホに保存しておいた、予告動画のスクリーンショットを管理官に示す。動画の本棚に並んでいた全集が、組人の遺体発見時には見当たらなかったことも説明する。

「それは気づきませんでした」管理官は手のひらを頰に当てる。「千茉莉さんの現場検証には立ち会わなかったもので。見落としはあるものですね」

「こんな細かいこと、仕方がないと思います」

「しかし、同じ本だったら、本棚に入って当然では？」

本棚は作り付けなので、仕切りを動かすことはできない構造だから、そう考えるのが普通だが、葉はかぶりを振る。

「とにかく、試してもらえますか。たぶん、入りません」

尾戸や新川と顔を合わせるのが気まずかったので、葉は門前で結果を待った。数分後、再度門が開き、舞子ノ宮が顔をのぞかせる。

「入りませんでした」眉根《まゆね》が困惑の証みたいに皺を作っている。「これを、雨宮さんは予想されていたのですね。どういうことでしょう」

葉は返却された全集を左手に持った。

「サイズの上では、当然の話なんです。通常、『単行本』と呼ばれるサイズの書籍は、Ｂ６判（１２８×１８２㎜）または四六判（１２７×１８８㎜）の二種類です。この二つより少し大きめサイズの棚なら、単行本を基本的に収納可能です。ただ、姉の全集はさらに大きい特別なサイズなんですよ。だからあの部屋の棚みたいに高さがぎりぎりだと、入らない」

「するとあの動画で問題なく収まっていたのは……」

「二つ可能性があります」

葉は右手の人差し指と中指を立てる。

「一つは、動画に映っていた全集は、通常よりサイズの小さい特別版だというもの。けれども、僕は桜倉から著作権を引きついで、全集の作成にも関わっているので、そんなバージョンがないことは承知しています」

中指を折り畳む。

「残った可能性は、あの動画に映っていた本棚が、まるごとフェイクだったという解釈です」

「フェイク」

舞子ノ宮は腕を組み、首を斜めにする。

「画像合成ソフトの類ですか」

「そうだと思います。パンデミックのとき、ワイドショーとかって、スタジオのコメンテーターを減らしてたじゃないですか」

「密を避けるためでしたね。大半のゲストが、遠隔出演だった」

「そういう出演者がアップになったとき、後ろに本棚が置いてあったりしましたよね。頭良さそうに見えますけど、あれ、本物の本棚じゃないケースもあった。調べてみましたけど、そういうアプリケーションが複数の提供元から無料配布されています。並んでいるように見せかけたい書籍のタイトルやISBNを打ち込むと、指定した本が収納されている本棚の画像を作って、生配信の背景に合成してくれる便利なサービスがあるんですよ」

強調するつもりで、葉は全集を顔の位置まで持ってくる。

「そういうサービスは、基本的にこの全集みたいなイレギュラーサイズをカバーしていません。だからフェイクの品揃えにこの本を混ぜた場合、周囲とのバランスを取るために、通常の単行本サイズに縮小されちゃうんですよ」

手首が疲れてきたので、葉は全集を鞄にしまう。

「ちなみにこの話だけだと単なる推測にすぎないと反論が出そうなので、もう一つ、根拠を挙げておきます。自律主義者が自死を予告しているのに、動画の本棚には千茉莉さんの自伝が見当たりませんでした。これは簡単な話で、ニセの本棚を作るサービスは、自費出版物に対応していないからです」

「なるほど、ＩＳＢＮや名前から書影を拾ってくるということは、おそらく大型書店などのデータベースとつながっているサービスなのでしょうから、自費出版物には対応できない……」

舞子ノ宮は得心した様子で、拳を平手にこすりつける。「そしてあの本棚はカラーリングも、デザインも個性に乏しいものでした。撮影しながら、フェイクを貼り付けても気づかれにくいでしょうね」

「立ち話が長くなってすみません。ここからが本題なんですけど」

葉は咳払《せきばら》いを一つする。これから、現職の警官も想像していなかった推理を披露するのだ。若干の緊張を覚える。

「大事なのは、なんのためにフェイク画像を用意したかって話です。本物の本棚がある場所でニセの本棚を用意する必要なんてありません。つまり」

タイミングを計ってから、葉は結論をぶちまける。

「千茉莉さんが命を落としたのは、あの部屋じゃなく、別のどこかなのでは？」

「ふむ？」舞子ノ宮は、力量不足の挑戦者を前にした審査員みたいな顔で頬を掻いている。

「その場合、遺体を移動した理由は？」

「犯罪性を隠すためです。千茉莉さんは、どこかに監禁されていて、自死を強いられたとか。すると組人さんの自殺にも疑いが生じるのは当然の成り行きです、よね？」

葉はだんだん不安になってきた。賞賛してくれるはずの舞子ノ宮の表情が、晴れやかではないからだ。

「ええと、俺の推測、穴がありますか？」

「雨宮さん、申し訳ないのですが、検視手続きにおいて、遺体が移動しているか否かの判定は、最優先に近い事柄なのですよ」

管理官は同情するように両手を上げる。

「今回の場合、千茉莉さんが配信に使用した機器のＷｉ－Ｆｉ接続をたどれば、配信時、彼女がどこにいたのかは特定可能です。陰橋邸では共通の回線を使用していて、それぞれ住人の部屋に一つずつルーターが設置されています。あの予告動画が、水渡千茉莉の部屋から生配信されていることは確認済みなのです」

「予告を録画して、あの部屋から配信すればごまかせるのでは？」

食い下がろうとする葉だったが、自分でも無理のある反論のような気がした。

「そもそも別の場所で千茉莉さんを死に追いやった犯人がいたとして、その人物はなんのために現場を偽装しようとしたのでしょうか。たとえば不在証明が目的だとしたら、犯人があの部屋から配信していたら、意味がありませんよね」

「再生機器をリモート操作したとか……」

往生際の悪い葉だったが、管理官は容赦してくれない。

「『カクテル』の水滴が水渡さんの衣服や、足元の床に付着しています。分析する限り、形状に連続性が見受けられますので、彼女があの部屋で薬剤に口を付けたのは、ほぼ間違いないと思われるんですよ」

「うう……」

さっきまで自分の中にあった高揚《こうよう》が、さらさらと消えていくのを葉は感じる。

「家で思いついて、これは天啓だって大喜びしたんですけど」

恥ずかしい、これでは不可解な事実を増やしてしまっただけだ。

「いえいえ、様々な可能性を考慮した上で、一つ一つ選択肢を潰していくのが警察捜査ですからね」舞子ノ宮の慰めが痛い。「遺憾ながら、フェイク本棚については私も考えが及びませんでした。新しい情報や解釈は、大歓迎ですよ」

「そう言ってもらえると助かりますけど」

落ち込んでばかりもいられない。せっかく現場を訪れたのだから、葉は収穫を得たかった。

「姉の全集ですけど、実際に、家の中には存在したんでしょうか」

「ちょっと待ってくださいね」

管理官は門の中に消えた。探してくれるらしい。フットワークの軽い人だ。

程なくして戻ってきた舞子ノ宮は、千茉莉の部屋から全集が見つかったと教えてくれた。葉は見落としていたが、部屋の隅に布製の多目的ボックスがあり、その中に全集が積み上げられていたという。

本棚に収まらなかったので別置きしていたのだろうか。

礼を言いながら、葉はこの情報の持つ意味を決めかねていた。

偽本棚を貼り付けたのが、千茉莉自身なのか、別の人物かはわからないが、普通に考えて本棚も中身の本も実在するのなら、偽物で覆う意味がない。だが管理官によると、自殺予告は間違いなくあの部屋から配信されたはずだということだ。

「組人さんの意思を感じますね」

思考を破るように、管理官が呟いた。

「亡くなる前、彼が雨宮さんに告げた言葉はこの不可解を暗示していたように思われます」

(才能や思想、アイデアの類は作家本人にしか理解できない部分もありますからね。形のない概念だけでなく、実体を持つ外側にも注目するべきですね)

(葉君、僕はあなたに期待しています。あなたの想像力と桜倉さんへの執着に、期待

していますからね)

そう、組人の言葉が挑発、あるいはヒントだったとすれば、桜倉の全集をヒントに、葉が偽装本棚にたどり着いたことには意味があるはずだ。しかしこの先は？　光明が見えたと思ったら、それは別の迷宮への入り口だった。

結局、事態を打開できるアイデアは浮かばないまま、葉は帰途につくしかなかった。

坂道を下ろうとした際、葉は数日前に聴取のために連れていかれた空き家から、数人の警察官が出てくるのに出くわした。全員、大きな段ボール箱を抱えている。

「何か見つかったんですか」まだ門前にいた管理官に訊くと、

「逆です。成果が芳しくないので、引き上げさせるところなんですよ」

葉には意外だった。「見切りをつけるのが早すぎませんか」

「前にも申し上げましたが、私は様々な部署の調整を担当しています。その中で、『カクテル』の流通ルートを探っていた要員を別の場所へ回すことになりました」

そんな話まで教えてくれて大丈夫なのかな、と葉は訝りながら、

「それって、組人さんたちが、『カクテル』の流通ルートとは無関係だったという意

味ですか」

「現時点では、という留保付きですけどね」

管理官はつまらなそうに段ボール箱を睨んでいる。「東南アジアの某独裁主義国家で、ペントバルビタール系錠剤の販売・製造に関する締め付けが強化されました」

ペントバルビタール系薬剤と東欧の李酒であるツイカをブレンドしたものが『カクテル』。ツイカの製造はそれほど難しいものではないので、ようするにこの自殺薬の製造難度は、ペントバルビタールの入手方法に関わってくることになる。

「その途端、国内のSNSで『カクテル』の配布予告がぱたりと途絶えたのです。つまり日本国内に『カクテル』の生産拠点は存在しない可能性が高い。長谷部組人が流通を管理しているのなら、そんな態勢を敷くとは考えにくいですから。というわけで、流通に関しては、こちらをつついても望み薄かと」

「でも組人さんは、お兄さんの遺産を相続した後、謎の散財をしたんでしょう？」

「当初は管理下にあったものに、反旗を翻《ひるがえ》されたとも考えられますね」

舞子ノ宮によると、日本の暴力団やそのフロント企業が便利な手駒《てごま》を得るために海外に投資したあげく、現地のマフィアや政治家に実権をかっさらわれてしまうのは珍しくもない話だという。

「遺産を相続したばかりの組人さんが、その辺りの配慮に欠けていたというのはあり得る話です。ですから最近では、自分たちが使う睡眠薬にも困る有様《ありさま》だったようですね」

そこまで話を聞いて、葉は組人の命を奪った『カクテル』の出所が不明だったことを思い出した。

「そういえばあれ、どこから調達したかわかったんですか」

「見当はついています。科学捜査研究所がいい仕事をしてくれました」

管理官はコートのフード部分をさらさらと撫でながら、「まだ詳細は明かせないのですが、解剖の結果、組人さんの胃内容物から、衣料品の繊維が発見されました……とだけお伝えしておきましょう」

衣料品？

想定外の単語に葉は戸惑ったが、舞子ノ宮は一礼した後、きびすを返して段ボール箱を運ぶ警察官に指示を与え始めた。どうやら、これ以上の漏洩《ろうえい》は要求できないらしい。

謎ばかり目の前に現れ、靄《もや》は一向に晴れない。葉は自分の想像力に限界を感じ始めていた。想像は創造の源だから、自分にはイマジネーションが満ちあふれているはずとうぬぼれていた。けれども、組人が敷いたに違いない『物語』の全貌《ぜんぼう》が未《いま》だにつかめない。

自宅近くの喫茶店で紅茶を頼んだ。カップの色が気に入らない。濃紺に満たされた琥《こ》珀《はく》色には、さえない瞳が落ちている。

(俺がコピーだから?)

ネガティブに吸い込まれてしまう。桜倉の背中を眺め続けていたせいで、自分の感性は芽吹く前に枯れてしまったのだろうか?

もし桜倉が生きていたら、その卓越した想像力で、即座に組人の意図を看破できたかもしれない。俺が模造品にすぎないのなら……本物に近づくにはどうしたらいい?

カウンターに近い席を選んでいたので、通り過ぎる他の利用客が脇目《わきめ》にかする。ふいに、翻る蔦《つた》柄のワンピースが目に入った。

桜倉も似たような柄のワンピースを持っていた。自宅の桜倉の部屋は、葉も両親も生前のままに留めておきたかったので、週に一度掃除をする以外、なにひとつ手を加えていない。クローゼットには今も、あのワンピースがかかっているはずだ。

ワンピース。嵐の質問がよぎる。

(女装とかもしているのか?)

「いやいやいやいやいやいや」

ふざけた妄念を、洗われた子犬のようなスピードで振り払う。そんなので姉の感性が身に付くわけもない。

再び目の端《はし》に蔦柄がちらついたため、葉は驚いてそちらを向いた。

「なんかお悩みの様子だね。大丈夫?」

妄想ではない。ワンピースの主は響だった。隣に嵐もいる。

「今日は暇だから、この辺にあるファミレスに行こうと思ってさ。嵐君も誘って、葉君とも連絡取ろうとしてたら、ちょうど見つけたの。来ないかね?」

「いいけど……」

ワンピースを褒めようと思ったが、なんとなく言い出せなかった。

案内してもらったレストランは、過剰な装飾を省いた落ち着いた雰囲気の店だった。テーブルとテーブルの間隔が広く、無印良品のモデルハウスを連想する。行きつけの店だったらしく、響は受付の店員と軽口を叩いていた。パンデミックの折には、響もかなり売り上げに貢献したらしい。

常連の特権なのか、窓際の席に案内してもらった。何がおかしいのか、先に座った響は葉と嵐を見比べている。

「考えてみたらさ、あんな本がなかったら、知り合ったりしなかったかもね。この三人」

響の感慨に、嵐が頷いた。

「確かに、生息エリアがまったく異なる取り合わせだ」

「野生動物かよ」響が笑う。葉が響の番組に出演したのは陰橋の『物語論と生命自律』がきっかけで、嵐が討論番組出演を承諾したのも、相手がこの本の影響下にある二人だったからだ。

「書物がつなぐ縁、かあ。ろくでもない本だけど、君たちに出会えたことだけは感謝しないと、ね」

気恥ずかしくなったのか語尾がおとなしくなる響を前にして、葉は物語の効用に思いを馳《は》せていた。『物語論と生命自律』は人間を死に誘う背徳の書物。陰橋の思想を語るという意味では物語の一種とも言える。その物語が、葉たち三人を引き合わせてくれた。

すると物語が及ぼす影響は、作者の意図した形ばかりではないとも言える。いや、こじつけか？

店員が注文を取りに来たので、三人とも、パスタとドリンクバーを注文する。ドリンクバーは葉たちのテーブルから見て店の奥にあるらしい。

「俺、三人分取ってくる」

まだ歩き回りたい気分が残っていたので、葉は立ち上がる。「二人とも、何がいい」

「俺はウーロン茶で」嵐が答えた後で、響が明るい声を出した。

「セバスチャン、ジンジャエールを一杯くださる？」

セバスチャンて……。

苦笑しながら、葉はドリンクバーへ向かう。トレーにグラスを載せ、要望通りの飲み物を注いだ。

懐《なつ》かしいな。リナちゃんみたいな冗談だ。どこかで流行っていたのだろうか。

…………

葉は動揺のあまり中身をこぼさないよう細心の注意を払いながら、二人のテーブルへ戻った。

「とおなりひびきさん」

「はいはい？」

「ひょっと……リナちゃん？」

いたずら小猿の顔で、その人は笑った。

「いまごろ気づいたのかよー」

「お姉さんの友人……そういうつながりがあったのか」

ウーロン茶を啜る嵐の声が耳に入ってこない。葉の頭は、驚きと申し訳なさでいっぱいだった。

「いやあ、ショックだわー。いつ気づくかいつ気づいてくれるかって楽しみだったのに、ヒント出すまで疑いもしないんだもんねえ」

「悪かったよ！」

お揃いのジンジャエールが苦い。葉は照れ隠しにパスタをかき込み、むせた。

「でも、丸ごと、すっかり変わっちゃって……え？　整形？」

「ぶっとばすぞ。痩《や》せたってだけ。髪は縮毛矯正かけてるけど」リナちゃんは前髪を指で摘まみ、ねじる。「ていうか、もっと早く見抜いてほしかったなあ。『遠成響』って『吉坊里奈《りな》』のアナグラムじゃん。微妙に足し引きしてるけど」

　吉坊里奈→きちぼうりな→KICHIBOU RINA→KITIBOH RINA→TONARI HIBIK→TONARI HIBIKI→となりひびき→遠成響……

（わかるか！）

「いやあ、激動でしたよ、この数年」

　リナちゃんは激やせした自分を面白がるように、両方のほっぺを手のひらで挟む。

「親と本格的にやり合って、実家を半壊させたり、持ち出したたっかい壺《つぼ》を生活の足しにしたり、七つの海を股にかけて大冒険したり！」

　半分以上信用できないが、激動という話は誇張でもなさそうだ。とりあえず、家庭で虐待を受けているような現状ではない点に葉は安心する。

「リナちゃん、あのあと、どうして連絡くれなかったの」

ばつの悪さを埋めるための質問だったが、リナちゃんは背筋を正し、目を閉じた。

「だめになるのがいやだったから」

「姉さんの話？」

「うん。私も君も、桜倉に影響を受けすぎていたと思う。あの子がいなくなってからも一緒に居続けたら、死んだ桜倉を崇拝し続けるだけの信者みたいになりそうだって思ったの。それは、絶対に桜倉も望まないだろうから」

「そんなこと、考えもしなかったよ……」

しかし、指摘されるとそういう危うさがなかったとは言い切れない。葉は響に感謝するべきかもしれなかった。

ただ葉には、リナちゃんの変貌について、体形以上に気になるところがあった。話し方だ。五年前のリナちゃんは、男子のような乱暴な言葉遣いだったが、今の口調は姉に似ている。

桜倉の信者にはなりたくないと語る響だが、振る舞いを近づけることは問題ないのだろうか。

とはいえ、大人になって落ち着いただけとも解釈できる。この疑問に関して、葉はとりあえず口をつぐむことにした。

「すると根っこは同じだったんだな。葉と響さんが、陰橋の思想を敵視する理由は」

嵐の指摘に、響ははっきりと頷いた。

「正直言って、私のやっていることは偽善かもしれない。歪んでいるかもしれない。年間、二万人っていう自殺者の中で、陰橋に感化されて死ぬ人なんてわずかだろうし、戦争や飢餓の死人を放っておいて、自殺だけ気に留めるなんて理屈には合わない……でも、『本を書いて死ね』なんて連中をぶっとばしてやりたいのは確かだし、桜倉が、人死にを肯定するような小説を書いていたって勘違いされるなんて、なおさら許せないんだよ」

リナちゃんは、葉と同レベル、もしかしたらそれ以上に熱烈な桜倉の読者だった。だったら、葉と同種の怒りを抱くのも頷ける話だ。

「嬉しかったなあ。葉君が桜倉と同じ道を選んだって知ったときは」

短編が掲載されている雑誌を大事に取ってあると響は言う。少しくすぐったい。

「まあ、現時点では桜倉の方が断然上ですけどね」

「自分でもわかってるっつーの」

「でもまあ、君が作家の道を選んでくれてよかった。私も約束を果たすことができるから」

響は、名詞サイズのプレートを葉の前に掲げた。光沢のある金属製で、アルファベットが刻まれている。

FROM　SAKURA　TO　YOU

アルファベットの下には、メールアドレスと電話番号が記されていた。

「最後に病室で会ったとき、桜倉に託されたの。葉君が大きくなって、桜倉と同じ職業を選んだときだけ、渡してほしいって」

プレートを受け取った葉に、響は電話番号を示した。

「これは、遺贈品管理サービスの番号。不治の病にかかったお母さんが、自分がいなくなった後も子供の誕生日にプレゼントをあげたいとか、そういう要望に応えるサービスだって」

「ということは、お姉さんの場合」嵐がプレートをのぞき込む。「葉が小説家になったときに何かを贈りたかったということか」

「うん。葉君だけのために書き下ろした、桜倉の最後の作品だって」

「俺のために――」

葉の心は宙ぶらりんをさまよった。

姉の心遣いを想うと、胸は熱くなる。

葉が知りたくてたまらなかった、桜倉の最後の言葉。口頭ではなく文章として遺したということは、臨終の床で聞いた言葉以上に意義があるものだろう。

しかし同時に、ためらいもしていた。桜倉は最後まで、文章に夢や希望を託していたのか。それとも、死の間際にねじ曲がり、怨嗟《えんさ》と憎悪を染み込ませたのか。遺作に取り上げた陰橋の末路を予想し、遺作を読んだ者が自死へ吸い寄せられる光景を熱望していたのか、疑念への答えが、詳《つまび》らかにされているかもしれないのだ。

それでも、読まないわけにはいかない。

これは、啓示に違いないからだ。葉から見て創作者の最高峰である桜倉が、たった一人のために編んでくれた原稿だ。善意だろうが悪意だろうが、それを読むことで、葉の作家としてのステージが変わる。長谷部組人が仕掛けた可能性がある怪しい「物

語」の正体を、看破し分解できるような感性を、そのテキストは与えてくれるかも
——葉は期待せずにはいられなかった。

「そういえば私、桜倉の家にお邪魔するのは初めてだわ」

玄関で靴を脱ぎながら響が言った。

夕刻、葉は自宅で遺稿の到着を待つことになった。遺贈品管理サービスに連絡したところ、数時間後に届けてくれるとの返答があったのだ。今日も両親は帰宅が遅れるとの話だったので、響と嵐を招待することにした。

嵐は部活の用事があるということで、一旦、高校へ戻っている。そのため家の中には、葉と響の二人きり。多少の緊張を感じなくもない。

「いえーい、かわいいお姉さんと二人きりー」

廊下を歩きながらおどける響。コメントを控える葉だったが、

「幼いころ、淡い初恋を覚えたお姉さんと二人きりー」

「捏造《ねつぞう》だよ！」この発言は、さすがに訂正が必要だった。細かい尺度を適用するなら、そういう相手ではなかったはずだ。たぶん、記憶の限りでは。

「なんかリナちゃん、姉さんと似てるね」

葉は軽く咳《せき》ばらいをする。言及するつもりではなかった事柄を、ふいに漏らしてしまった。ひとりごとに近い言葉のつもりだった。

ところが響は距離を詰め、こちらをのぞき込んできた。

「リナちゃん？」

「そりゃ似てるよ。私は桜倉になりたかったんだから」

配信では目にした覚えのない不器用な笑顔だった。嫉妬と憐憫《れんびん》が、同時に湧き上がる。さっきは信者になりたくないって言ったはずなのに、嵐がいないからか？

「姉さんになるなんて、誰にもできないよ」

「葉君が言う？　桜倉のコピーを目指してるくせに」

「俺が目指しているのは、桜倉の文学性のコピーでしかないよ。作家・雨宮桜倉を再現できたとしても、全部っていうわけじゃない」

「そうだね。そんなの判ってる。私もずっと寂しいから」

リナちゃんは廊下の壁によりかかり、じっと葉を見据えてくる。

「私、通帳に二千万貯《た》まってる」

「どういう流れ？」

「あと一千万貯まったら、海外に移住するつもり」

彼女の意図を、葉は真剣に読み込んだ。

「日本語に囲まれてると、姉さんを思い出すから？」

「おー、さすがにご同類。お見通しだね」響はさっきよりも弱々しく、壁にしなだれる。

「そこで相談だけどさ、葉君、一緒に来ない？」

それがどういう意味合いの誘惑なのか、知らないふりはできなかった。

「……いやだよ」

「わーい、お姉さん振られちゃった。傷付くなあ」

壁から離れ、リナちゃんは右手を葉の肩へと乗せた。

「どうしていや？　私も葉君も、桜倉を失って、何年経っても傷が癒《い》えない」

右手で、向かい合った葉の左手をつかむ。

「手負いの小動物二匹、傷を舐め合って生きようよ」

「お断りだよ」

「じゃあ、お試し」

持ち上げた葉の左手を、リナちゃんは口に含んだ。

他人の唇に指を委ねるのは、生まれて初めての出来事だった。

自分が書く小説なら、官能的な色合いに包まれた場面になるのは間違いない。

けれども葉は、右手で響の左手をつかみ、自分の口へ引っ張った。

そして、がぶりと噛みついた。

「おごっ」

すぽりと互いの手を抜いて、リナちゃんは後ずさる。左手に、歯形が残っている。

「痛《い》った！　なにすんの！」

「いい雰囲気をぶちこわしにした」

「言わなくてもわかるよ！　なんのつもりって話！」

「俺はリナちゃんと、傷なんか舐め合わない」

粉粒ほどの迷いもなく、葉は断言した。

「だって、俺には傷なんてない。少なくとも、桜倉が死んだことで傷なんてもらってない。姉さんがいないのは寂しい。それでも絶対に確実に間違いなく、雨宮桜倉の存在は、俺にとって百パーセント有意義なものだった。夭折さえ、俺に与えてくれたものがある。桜倉との関わりにマイナスがあったなんて本気で考えてるなら、リナちゃんは、俺と同類なんかじゃないよ」

「本当に見上げたシスコンだ」

響が無理を通すように唇を歪めたとき、玄関のチャイムが鳴った。たぶん、嵐だろう。

「わかったよ。もう持ち出さないから、こんな話」響は配信用の笑顔を復活させる。

無言で頷きながら、葉は嚙み方が深かったかなと反省していた。ハンドクリームの味が舌をくすぐる。

「嘘でしょ？」葉はなんとなく理解した。

「姉さんの遺作なんて、偽物だろ？　そんなものを、今になって渡してくれるはずがない」

「はて？」響が口元をぐにゃぐにゃ歪めたが、もう騙されはしない。

「今ので確信した。リナちゃんの、姉さんへの執着は本物だ。ある意味では俺よりひどいかも。そんなリナちゃんが遺作なんてものを託されたとして、俺が作家デビューするまで読むのを我慢できるわけないよね」

ありゃあ、とリナちゃんは舌を出した。

「そもそも五年経って、俺が作家を目指し続けてるなんて保証もないわけだし。そしたらリナちゃんは、永遠に読めないじゃん。ファンにとっては地獄でしょうが」

「それはそうだねえ。でもあのプレートが、桜倉から預かったものなのは本当だよ。託されたのは、ちょっとしたサプライズなんだよね」

意味がわからない、と言った葉に、届いたらのお楽しみ、とリナちゃんは指を立てた。


十九時きっかりにやってきた遺贈品管理サービスの配達員が持参したのは、A4サイズの封筒だった。受領のサインをしてから、葉はリビングで封筒を開く。中身は封筒とほぼ同サイズのアルミケース。その上に、定形の封筒がテープで留めてある。

傍らの響と嵐に頷いてから、葉は封を解く。便箋《びんせん》に、懐かしい筆跡が並んでいる。

お姉ちゃんだよ。

葉、デビューできたんだね、おめでとう！　これは私からのお祝いです。ケースの裏面にパネルがあるから、そこにパスワードを入力して！　パスワードは葉の生年月日に６５４７と３４５と９８６７をかけて、２２２８６７４０９０５で割った数字だよ！　生年月日の一桁は、頭にゼロを付けてね。

電池が切れちゃってるかもしれないから、動かなかったら交換してね。


スマホの電卓機能を使った後、葉はため息をつく。割った数とかけた数が同数なので、パスワードは結局、生年月日そのままだ。

便箋に書いてある通り、ケースの裏側に０～９までのパネルが並んでいる。パネルの下にスライドする部品があり、単三の電池が二本入っていたので、念のため交換しておいた。

「この中に、何が……？」遺稿でないとすれば、何をどういう気持ちで期待したらいいのか、スタンスがわからない。リナちゃんはにやにやと眺めるだけで、説明してくれないままだ。訝しみながら、葉はパスワードを入力した。

かちり、と何かの仕掛けが作動する音。続いてかちかちかちり、じいいいと連動音が響き、アルミケースの、パネルより二十センチほど上の部分に溝が開いた。

ずいぶん手の込んだ仕組みだ、と葉は感心する。このケース、いくらするんだろう？　まさかオーダーメイドだろうか。

同時に違和感も覚えた。なんでこんなに厳重なんだろう？　こんな機械仕掛けに何の意味が？

そのとき、溝から白い長方形が現れた。原稿だ。葉は不意を突かれる。なんだ、やっぱり原稿は存在するのか？　姉が、桜倉が、葉のためにしたためてくれた文章――それとも、小説でなくても手紙とか？

原稿が、すぱりとケースから飛び出した。切り刻まれながら。

「えっ」

葉の喉から空気が漏れる。

「あっ」

嵐が珍しく驚いている。

「ふふっ」

響が吹き出した。

シュレッダーだ。

たった今気づいたが、原稿を排出する溝の先端にカッターが仕込まれているようだ。当然、飛び出した原稿は切り裂かれ、バラバラになる！

「あっあああああ」

空気を食べる鳥みたいに口をまごつかせながら、葉は排出を止めさせようとする。同じパスワードを入力したが、何の意味もなかった。焦ってケースを床に落としてしまったが、頑丈な機械は破壊行為を思い留まってくれない。

やがて、作動を開始したときと同じように、かちりかちかちと機械の音を残して、シュレッダーは停止した。おそるおそるケースを拾い上げ、溝に目を凝《こ》らした葉だったが、内側には何も見当たらない。

ベストセラー作家・雨宮桜倉の貴重な最後の原稿（？）は、無惨に切り刻まれてしまった。他でもない、彼女の仕込みによって。

「バンクシーのパクりじゃねえか！」

葉は床を叩く。現代アート作家・バンクシーの絵画がオークションで落札された直後、額縁に仕掛けられていた裁断機によってバラバラにされてしまったエピソードは有名だ。芸術品を投機の対象にするような風潮に対する作者のプロテストだと解釈されている逸話だが、これは二〇一八年十月の出来事。桜倉の死より一年前だった。姉は、死の床でこんな悪質ないたずらを計画していたのか？　ひどすぎる！

「落ち着け、葉。まだなんとかなりそうだぞ」

嵐が床に散らばった原稿をかき集めて言う。「よく見たら、この原稿、ほとんど白紙だ。印字されている部分はちょっぴりに見える」

「本当だ。これ、集めて解読しろってことかな！」

幸いというべきか桜倉の計算通りなのか、印字された文字自体はカッターで分断されてはいなかった。拾い集めた紙きれをチェックしたところ、見つかったのはひらがな四文字だけ。

いっおぱ

紙片を並べ直しながら、葉は記憶をくすぐられていた。なんだ、この文字列？　もう少しでかゆいところに手が届くような、思い出したくないような……

ぱおっい

姉の遺稿。最後の文章。

遺言。そうだ、遺言だ。桜倉は、冗談六割本気四割くらいの配合で、最後の床で何を口にしたらいいか検討していた。なるべく意味のない言葉が格好いいとか言い出した際、最初に挙げた候補。思い留まるよう、葉とリナちゃんで必死に説得したあの言葉は……

おっぱい

「…………」

リアクションが思いつかない。

ただただ脱力して、葉は床に座り込んだ。

「おっぱい。乳房のことか」

百パーセント真剣な顔で嵐は解釈を探している。「遺言と乳房。死と乳房。たしか斎藤茂吉《さいとうもきち》が母を弔《とむら》った短歌に、『足乳根《たらちね》の』という枕詞《まくらことば》が多用されていたと習ったが、遺言と斎藤茂吉を関連づけているのか？」

「あはは。あはははは」

葉の中に居座っていた何かが転がり落ちた。後はただただ、おかしい。

「嵐君、考えすぎ。ただのギャグなの、これはさ」

詳細を知っていたはずの響も、腹を抱えて転がり回っている。

「最後に桜倉に会った夜だったかなあ？　葉君が席を外した間にねえ、桜倉が思いついたんだよ。五年経って、葉君にこれを渡したら、めちゃくちゃウケるだろうって」

「それはすごいな……」

さすがの嵐も、リアクションに困っている様子だ。

「壮大な前フリになるようなるべく仕込みをしておくからねって、桜倉、言ってたよ。最期の何日か前に、殊勝なこと言ってたのも、たぶん一環だろうね」

(私、体がやばくなってきても、なるべく書き続けてたい)

(死ぬ前はきっと、苦しいだろうけどさ。優しい、楽しい言葉を遺したいよ)

「あれも前フリ……？」もう、転げ回るしかない。

呆れながら笑い続けていた葉だったが、一つ、真実も転がり込んできた。立ち上がり、涙をふく。

「……姉さん、自分の死後なんてどうでもよかったんだな」

「どうでも？」

腹筋にきたのか、お腹《なか》をさする響に、葉は言う。

「俺、決めつけてた。作家は自分の作品を愛していて、死んだ後も作品を通じて世界に影響を及ぼし続けたいって願ってるだろうって。でも、そうじゃない創作者だっていて当然だよ。姉さんはそっち側だった」

そうでなかったら、こんなふざけたメッセージを遺す余裕なんてなかったはずだ。

善意にしろ悪意にしろ、もっと実のある伝言をよこしたはずだ。

死が近づいてきた日々、桜倉の心の底に何があったのかを葉は知りたかった。だから最後の文章を探していた。そこに記されていたのは優しさなのか。悪意なのか。

どっちでもなかった。

桜倉の頭の中にあったのは、腹が立つくらい笑ってしまう、子供のいたずらだ！

最後の最後に桜倉が考えていたのは、数年後、この大げさな仕掛けが作動したとき、弟がどんなリアクションをするかという愉快な想像だった。ユーモアと遊び心。姉さんは、死ぬ間際まで世界を楽しんでいた！

葉は確信する。臨終ぎりぎりの苦しみの中で、こんな悪ふざけを思いつく人間が、自殺者の増加を願っていたはずはない。陰橋の思想と、姉は無関係だ！

「よかった……よかった」

涙があふれるくらい笑っていたはずが、安堵の涙に変わっている。大好きで尊敬していた姉が、ようやく帰ってきてくれたような心地だった。

「つまり姉さんが、遺作と陰橋を絡《から》めることで、世の中に死をばらまきたいなんて意図していた可能性は、万に一つもなくなった」

「なるほど、このメッセージはその証明でもあるのか？」

腕を組む嵐に、いや、そんな深謀遠慮はないと思う、と告げながら、葉は桜倉の遺言を思い出していた。

（たかが小説だからね。命や、自分の大事なものを懸けたりするものじゃないんだよ）

それは韜晦《とうかい》でも皮肉でもない。真実の言葉だった。

第六章　強者の後悔

まったいらになった。

桜倉の悪ふざけにぶっとばされたせいで、葉の価値観は平べったく均《なら》されてしまった。

これまでの葉は、物語を、小説を至上のものと信じて疑っていなかった。

最上の位置にあるのが姉の小説であり、そこへ近づくことが人生の第一目標だった。

しかしその目標である桜倉の、弟に対する仕打ちがこれだ。たかが小説。そんなものに人生をかけるなんて滑稽だよと、笑い飛ばしてくれたのだ。

だとしたら、姉はどうして書き続けていたのだろうか。決まっている。本当はずっとわかっていた。書きたかったからだ。評価され、切望される喜びも、ただただ書き続ける行為そのものから得られる快楽に比べたら、たいした強度はない。

姉に並び立つとか、姉のコピーとして完璧を目指すとか、そんな決意に意味はない。

自分は、桜倉の小説の続きを書きたかっただけ。それ以上でも、それ以下でもなかった。それが姉への執着から生まれたものだとか、自分の本意ではないとか、疑っていたけど、それさえもどうでもいい。ただの文字なんだ。石ころを落として遊ぶのとおんなじだ。やりたければやればいい。それだけ！

刻まれた原稿とふざけた四文字を眺めながら、葉は、自分の中の呪縛《じゅばく》が解けつつあることを自覚した。同時に理解する。

「きっと、組人さんも解きたかったんだ」

「ええ……またなんかつかんじゃったの？　こんな惨状から」

呆れている様子の響に、葉はきっぱりと断言する。

「長谷部組人にとっての陰橋冬は、たぶん、俺にとっての姉さんと同じくらい大きい存在だった。だから組人さんも、陰橋冬の存在に縛られていた」

「ジャンルは違っても、尊敬すべき兄だったろうからな」

バラバラの紙を重ねながら嵐が応じる。

「でも姉さんと違って、陰橋は弟のために、バンクシーオマージュのいたずらなんて仕込んでくれなかったし、『おっぱい』の四文字も残してくれなかった。おそらく」

「……こんなの他にやる人がいたら驚きだよ」響は微苦笑を浮かべながらアルミケースに視線を注いでいた。

「組人さんは自分で自分の呪いを解かなければならなかった。組人さんの場合、俺より厄介な事情を抱えていた。お兄さんの思想は、現実に少なくない人数を自死に追い込んでいる。組人さんは、その数字をゼロにするか、減少させたかったはずだ」

「つまり葉君は、組人君が自殺じゃなかったって踏んでるわけ？」

響の要約に、葉はかぶりを振る。

「組人さんは自殺だよ。殺されたわけでも、自死を強要されたわけでもない」

「それはおかしくないか。自殺を否定したい人間が、自殺を実行したことになる」

異議を挿む嵐に、葉は頷いた。

「それでいいんだよ。組人さんが死んだ後、尾戸さんと新川さんが対立した。自殺の蔓延を食い止めるために狂言自殺をするつもりが殺されてしまったと主張したのが尾戸さんで、自律主義者としてあくまで自殺を肯定するために死を選んだというのが新川さんの主張だったよね。でも、選択肢が二つだけだという根拠はどこにもない」

矛盾に聞こえることは承知の上で、葉は断言した。

「組人さんは、自殺を食い止めるために自殺した。これが真実なんだよ」

ここ数日を振り返ると感慨深い。

葉は、桜倉の小説が現実の集団自殺の小道具に使われている事態が許せなくて、討論番組に出演することを決意した。心の底では、敬愛する桜倉に対して疑惑を拭えなかった。

悩みながらも、葉は段階を踏みつつ執着心から解き放たれていった。自律主義の横行は姉の意図したものである可能性もあると割り切り、それでもなお、夢と希望の物語を綴っていた姉の名誉を守ろうと思案した。

そして今、葉は桜倉のことをただの一作家、雨宮桜倉として眺めている。自分のものさしに照らし合わせて、最高の作家だと信じている点は変わらない。しかし当の桜倉が自分の作品を葉が思っていたほどには重視していなかったと知った以上、その意向を無視してまで死後の彼女に仕え続けるような振る舞いは正しくないように思われるのだった。パスティーシュを止めるつもりはない。無理やり「自分だけの小説」を模索するつもりもない。ただ、いつか『少年探偵ユウ』の続きを書くより、自分の物語を綴ることを優先する日が訪れるかもしれない。そんなふうに予感しているのだ。

心地がいい。今の自分は軽やかだ。この感覚こそ、自殺の対極なのだろう。この気持ちを文章で表すことが可能なら、世界中から自死を根絶できるのだろうか。難しいかもしれない。生命自律主義が推奨する自死も、自殺の一形態にすぎない。人生に見切りをつけて去っていこうとする人間に、何を伝えればいいのか。答えは、まだ見つからない。

「久慈沢さんに連絡はついたよ。向こうで合流してくれるって」

スマホを握りしめたまま、響がため息をついた。隣で、嵐が右手を左肩に重ね、上半身を捻《ひね》っている。柔軟体操を始めているようだ。

このリビングで桜倉のいたずらが炸裂《さくれつ》してから、まだ半時間も経過していないが、葉がたどり着いた事柄については、すでに二人に説明を終えている。

「もう手配しちゃったけどさ、よく考えたら、そんなに急がなくてもよくない？」

響がワンピースの皺を直しながら訊いた。

「犯人たちが――いや、この場合、犯人とは言えないよね――今日中に動くとは限らないじゃん」

「それはそうだけど、いつ実行に移してもおかしくない。それが今かもしれないんだ」

葉も嵐に倣って、柔軟体操を始めた。これからしようとする行為の展開次第では、もみあいや乱闘に発展する可能性も、充分あり得るからだ。

「さっきも説明したけど、このまま成り行きを見守っていた方が、俺たちにとっては都合のいい展開になるかもしれない」念押しとして、葉は響たちに問いかける。「桜倉の悪評も薄れるだろうし、生命自律主義も勢いを削《そ》がれるだろう。いいことずくめとも言える」

「ただし、あと一人は死ぬことになるんだな。葉の見立てが正しかったら」

嵐の言葉に、葉はたぶんねと答える。

「そうしないと、組人さんの用意した物語が完結しないからね。俺たちには、目的を果たすために一人を見捨てるっていう選択肢だって残されているわけだ」

「でもそれは、したくない」もう決めたじゃん、と響は背伸びをした。

「この数年間、命の選別っぽい出来事は嫌っていうほど転がってた。そういうの仕方がなかったかもしれないし、これからも繰り返すんだろうけどさ、今回は、助けようって話になったでしょ」

嵐も無言で首を縦に振る。結論は揺るがないと確認した上で、葉たちは家を出た。

葉の家には駐車場があり、現在、響のボックスワゴンが停《と》まっている。レストランからここまで送ってもらったためだ。響が乗り込んだ後、助手席に葉が、後部座席に嵐が座る。

葉は自分のスマホから、管理官に教えてもらった陰橋邸の電話番号を呼び出した。

十数回コールした後、応話したのは新川だった。

「ども。雨宮です。まだその家にいるんですね」

警戒心が漂ってくる口調で、組人が遺言状で自分たちに家の賃借権を設定してくれたのだと少女は語る。

「……なんのご用件ですか？」

「尾戸さんも居ますか？　近くに連れてきてほしいんですけど」

「どうして？」

「伝えたい話があるんです。言づてじゃだめなんです」

返事はなかったが、床を踏みしめるような音が響く。子機を持って、尾戸の居場所へ急いでいるのだろう。

「どうした？　なんか分かったのかよ」

すぐに困惑気味の声が聞こえたので、葉はすぐさま報告する。

「これから俺たち、陰橋冬さんのお墓参りへ行きます」

「はい？」

「じゃあ、来たかったら来てください」

有無を言わさず終話する。見当違いでなかったら、二人のうちどちらかは気づくはずだ。

「しゅっぱつしんこうー」

おどけた声で、響がエンジンキーを回す。

ワンボックスカーはガレージを離れ、国道を経由して郊外へ向かう。陰橋の墓所は、ウィキペディアに掲載されていた。

「そこそこ混んでるなあ」カーナビから流れてくる混雑情報に耳を傾けながら響が舌打ちする。「結構時間かかっちゃうかも」

「大丈夫だよ。遅い方がありがたいから。あの二人もすぐには動けないかもしれないし」

「待ち伏せされるかもしれないぞ」嵐が懸念を口にしたが、葉はそこまで悲観していなかった。

「問答無用で襲いかかってきたりはしないと思う。こっちにはユーチューバーもいるから、撮影しているかもって警戒するだろうしさ」

葉は嵐の右側に積まれたショルダーバッグに視線を動かした。使えそうな工具が家にあって助かった。

二十時を過ぎた。車窓を流れる街灯と建物の明かりが、闇に洗われるように数を減らしていく。窓に目を寄せると、砂金のような星々が空に瞬いていた。この国の十分の一が暮らしている東京にも、もの寂《さび》しさは転がっている。

「……この数年、二人はしんどかった？」

ふいに訊いてしまう。

「家を出てからはあんまり。ネットが中心だし、外の取材とかも少ない形態だしね」

響がやわらかい声でハンドルを撫でた。「お酒好きだから、みんなでクダを巻けないのがきつかったくらいかな」

「俺は自分が恵まれていることを再確認させられた」嵐も空を見ている。「練習試合が組みづらいのはきつかったが、しっかりした設備とコーチ陣のおかげでマイナスをカバーしてもらえたからな」

「俺も同じような感じかな。受賞に関係はなさそうだけど、巣ごもり需要で姉の印税が結構入ってきたし。つまり俺たち三人、やっぱり恵まれてた方なんだよね」

あまり認めたくない話だが、あのウイルスのせいで命を縮めたかもしれない姉の死をなんとか乗り越えることができたのは、結局、経済的な豊かさによる余裕のおかげかもなと思われなくもない。後ろめたさがこみあげる葉は、二人に甘えてしまう。

「結局俺たち、得している側だから、死にたいって人の気持ちを、心底は理解できないんだよな。それなのに、そういう人たちが懸命に準備したものを壊そうとしている。命は大事とか、生きていればいいことがあるとか、きれいごとを振りかざしてさ。やめるつもりはないけど、醜悪かな、こういうのって」

この期に及んでの弱気を叱《しか》られるかと思ったが、二人の回答はやさしかった。

「俺は、究極的には理屈ではなく、俺の感性を信じる」

嵐は力強く言い切った。

「死ねというより、死ぬなという方が絶対に正しい」

「いーんじゃない？　恵まれた、強い人間がきれいごとを押しつけたってさ」

響は鈴のように笑った。

「強者が現実の冷たい部分を無理強《むりじ》いするより、よっぽどましかなって思うよ」

「そうか。そうかもね……」

重荷が除かれた心地だった。正解かもしれない回答の一つが手に入った気がする。

強者とか弱者とか、勝ち組とか負け組とかの区別に理由はない。葉が栄誉を手に入れ、組人が恵まれなかったように、時代の分かれ目や、わずかな幸運によって左右されるものだ。だが、敗北を引いてしまった人間は、理想を信じられなくなり、悪意や絶望に真実を見出しがちだ。

恵まれた者が彼らを助けたいと思ったら、不遜《ふそん》だろうが偽善だろうが、きれいごとを叫び続けるべきなのだ。

まぶしくて残酷な星々に見守られながら、ワゴンは灯火の隙間をくぐるように走る。やがて細長い丘を高架が横切る地点で速度を落とした。丘に挟まれた草原へ降りる未舗装路をゆっくりと下り、雑草を四角形にむしっただけの駐車場で停車した。嵐と響は懐中電灯を、葉はショルダーバッグを手に車を降りる。二百メートルほど前方に、漆喰《しっくい》の低い壁で区切られた霊園があり、二つの人影が見えた。


陰橋冬の墓は他の墓石に比べると若干、背が高い程度で、とくに墓碑銘が彫られていたり、特別な装飾が施されたりしているわけではなかった。冬の名前しか刻まれていないということは、親族とは別に埋葬されているのだろうか。

「おそかったじゃねえか」

墓石の脇《わき》で、尾戸が大声を出した。威嚇するように胸を張っている。隣にいる新川は、夜陰でも判別できるくらい血色の悪い顔だ。

「来てくれたんですね」

葉は朗らかに礼を言う。あんな電話一本受けて、ここへ来ようと言い出したのはどちらか確認したかったけれど、おそらくはぐらかされてしまうだろう。

「気になったんだよ。大事な話かもってさ。それで、これから何が起こるんだ？」

「すぐには起こらないかもしれません。明日かも、一週間後かもわからない」

「だから、何があるんだよ」

「尾戸さんと新川さん、二人のどちらかが、もう一人を殺すんです」

「はあああ？」

尾戸の音量がさらに大きくなる。葉は傍らの二人に、自分が全部説明していいか目線で確認した。二人とも頷き、葉から距離を取る。葉の正面に尾戸と新川、彼らから見て斜め右に嵐、斜め左に響が立つ位置関係になった。

「十分後くらいに、久慈沢さんがカメラマンを連れてここへやってくる予定です。なにかしたかったら、それまでしかチャンスはありません」

「意味分かんねーよ。わかるように話せ！」

「ちょっと遠回りな話になりますけど、我慢してくださいね」

ヒートアップしそうな尾戸にことわってから、葉は深呼吸を一つした。

「二〇一九年の暮れに中国・武漢で発生が確認されたＣＯＶＩＤ－19は、翌年に世界規模のパンデミックを巻き起こしました」

「本当に遠回りだな……」

「あの疫病は、人類から多くを奪いました。百万単位の命、そして億単位の健康……算出不可能なほどの経済的損失も発生しました。ですが日常を奪われたのは、後遺症に悩まされた人たちや、家族を失った人ばかりでもありません。あの時期、子供や学生だったみんなは、大人になるために必要な諸々を充分に与えてもらえなかった」

うつむく新川に葉は一瞬だけ視線を移す。

「学校に通えず、友達同士で集まることも許されない時期もありました。あてがわれた遠隔授業は急ごしらえのもので、仕方がないにせよ欠落を埋めるにはほど遠い完成度だった。それでも、俺たちの世代に対する同情の声は、さほど厚いものではなかった。罹患しても若年層は重症になる確率が上の世代より低かったことや、無症状のまま外を出歩くから蔓延に拍車をかけていると見なされたことから、敵視する向きさえ出てくる始末でした」

「そんなこといまさらおさらいされても」

新川が下を向いたまま呟く。

「いや、おさらいはさせてもらいます。子供や学生世代は自分たちが雑にしか取り扱ってもらえない異物のような感覚に包まれながら三年近くを過ごしました。そしてパンデミックが晴れた途端、自己肯定感を損なったまま、元通りのふりをした世の中に放り出されたんです。景気を盛り返すために、雰囲気を明るくするために、今度は、遊べ、行動しろ、働いて経済を回せとはやしたてられます。鋭敏な若年層の中には、世の中が自分たちに『物語』を押しつけているような不快感を覚える人たちが現れました。そんな彼らの感性に、おそろしいくらい合致したのが、陰橋冬の『物語論と生命自律』でした」

「ようやく本題に入ったか？」うんざりした顔で尾戸が茶々を入れる。「まあ、そんなところだろうな。俺が組人とつるむことになったのもそういう流れだよ。世の中がインチキくさくて、『物語』とやらに唾《つば》を吐きかけてやりたかったんだ」

「でもね尾戸さん、組人さんの気持ちを考えたことがありますか？　陰橋冬の弟である、組人さんの気持ちをです」

「……お前には、わかるっていうのかよ」

「途中までなら、理解できます。俺も組人さんも、大勢の人間に影響を与えた作者の身内という意味では同類ですから」

だからこそ、組人は自分にヒント――もしくは挑発――の言葉を残してくれたのだと葉は信じる。

「さいわい、俺の姉は夢と希望を詰め込んだ物語で多くの人たちを楽しませる作家でした。一方の陰橋冬は、自殺のカリスマとして大勢の若者を死に導いた。断言しておきますけど、好悪や倫理観を抜きにすると、『物語論と生命自律』は本当に魅力的な読み物なんですよ。組人さんは小説書きでしたから、お兄さんの遺作の素晴らしさを理解していたはずです。けれども、若年層の不遇をテーマにした小説を執筆するような感性の持ち主でもあったから苦しみもしたでしょう。自分の兄が遺した素晴らしい一冊が、若者を殺し続けている。パンデミックが収束したと思ったら、今度はお兄さんのテキストが、人を殺すウイルスみたいに変異してしまったんですからね。だからこそ組人さんは世界に対して、適切なワクチンを処方したかったんです」

「うん、そうだろうよ」尾戸は気ぜわしげに同意した。「だから組人は、自殺に失敗するフリをして、かっこ悪い姿をさらしてでも、自殺を減らそうとしたんだろ？」

「違います。それは尾戸さんのための気休めです」ここに来て初めて、新川は声を張り上げた。「組人さんは生命自律主義を放り捨ててなんかいませんっ。忠実に、あの本の通りに自律を実行しただけです！」

ためらいがちに睨《にら》み合《あ》っているように見える二人に、葉は言い放つ。

「どっちも違うんです。組人さんは陰橋冬に感化されて自死を選ぶ人間を減らしたいと願っていた。一方で、陰橋の思想自体には賛成していた。希望を失った若者の一人だった組人さんは、自分は自殺してもいいと思っていたんですよ。でも、陰橋の弟である自分の自死が自殺の連鎖を呼ぶ事態だけは避けたかった。だから自分の自殺で、他人の自殺を止めようとしたんです」

「……いや、理屈がちっともわかんねえよ」

当初の喧嘩《けんか》腰《ごし》もすっかり落ち着いて、尾戸は戸惑いを露にしている。

「あいつは陰橋の肉親なんだから、自殺したら他の奴らの自殺を加速させちまうだろ？　お前も今、そう話したばかりじゃねーか！」

「普通なら、そういう流れになりますよね。だから組人さんと千茉莉さんは、それぞれの自殺で、布石を打ったんですよ」

「千茉莉も？」

ますます混乱している様子の尾戸に、葉は、自分が発見した千茉莉の自殺予告動画の情報をかいつまんで話した。本来、千茉莉の本棚に桜倉の全集は収まらないこと、そのため、動画に映っていたのは偽造本棚だと思われること――

「それって、配信は別の場所だったかもって理屈か？」尾戸も当初の葉と同じ推測にたどりついたようだが、「いや、それはねーよ。あの日、千茉莉は部屋に閉じこもってそれきりだったはずだ」

「それで正しいと思います。偽造本棚は、気づいた人間に疑念を抱かせるためだけに用意されたものでしょうから」

「またわかりにくくなってきたぞ？」

「そんなに難しくはありません。自殺するとき、千茉莉さんは後々怪しまれるような細工を遺していた、というだけの話です。話を進めますね。三ヵ月後、組人さんが同じ部屋で自死を遂げました。千茉莉さんと同じ、『カクテル』による死と思われましたが、他殺説を唱える人物が現れた。俺の目の前にいる尾戸さんです」

「唱えてるっつーか、死ぬつもりはねえって実際に組人が言ったんだからな。それが真実なんだよ」

尾戸が言い切ると、隣の新川が不快そうに眉を上げた。もう言い返す元気はないようだ。

「尾戸さんは他殺を主張。反対に、新川さんは自殺だと言い張っています。警察は自殺と見ているようですが、なんらかの方法で、誰かが組人さんを脅迫して自死を強要した可能性は否定できません。そして数日前に、近所で人為的に発生したと思われる小火騒ぎが発生しています。この火事が、組人さんへの脅迫材料だったかもしれない……」

言葉を区切り、葉は少し離れた位置にいる嵐と響の様子を確かめた。これから話す推測が真実だった場合、尾戸ないし新川がどういう行動に出るかわかったものではない。最悪の場合、どちらかに一一〇番してもらう必要がある。

「まとめると、千茉莉さんと組人さんの死は、世間や警察からはほぼ自殺に間違いないだろうと見なされています。ところが偽造本棚や尾戸さんの証言のせいで、『ひょっとしたら他殺なのでは』という疑惑も影を落としている状態です。現在、陰橋邸で共同生活を送っていた四人の自律主義者のうち、二名が世を去り、残った二名が俺の目の前にいます。組人さんはもういませんが、彼の遺志は受け継がれているはずです。俺の想像では、尾戸さんか新川さんのどちらかが――」

「どちらかを殺すって言ったよな」尾戸の声がいよいよ硬い。

「ここまで聞いたけど、なんでそういう流れになるのか、ちっともわかんねーぞ」

「尾戸さんと新川さんは、あの家で暮らしていた自律主義者の生き残りです。そんな人たちがこの先、自殺しても、世間はそれほど驚かないでしょう。でも、他殺だったら、疑惑を招きます。これまでの二人は自殺だったのに、同じ家にいた、同じ主義主張を信じる人間が殺されたのだから……皆、疑いを深めるかもしれない。『やっぱり前の二人も、殺されたんじゃないか』って」

「俺か、新川が殺されることで」

尾戸の口元に、それまで現れなかった形の皺が寄る。「組人や千茉莉まで、殺された疑いが強くなる……？」

「あくまで『疑い』のレベルですけどね。俺は警察をそれなりに信頼していますから、手抜き捜査があったなんて考えません。千茉莉さんも組人さんも、自分の意志で死を選んだんでしょう。でもこれから先、殺人が発生したら、尾戸さんの証言や偽造本棚のせいで、疑惑は強化されることになる」

「俺か新川が殺されたら、組人と千茉莉の他殺説が今より疑われるようになる」

尾戸は肩と首をせわしなく揺らし始めた。「それが組人の……もしかしたら千茉莉も考えてた筋書きなのか？　けどそんなふうに疑われることが、自殺を減らすのにどう関係してくるんだよ」

「他殺を疑われるのは、組人さんと千茉莉さんの自殺だけじゃありませんよね」

葉が指摘すると、尾戸は目を丸くした後で視線を泳がせた。「お前の言いたいのは」

「はい。あの家で暮らしていた二人の自殺に対して疑念の声が高まれば、当然、あの家の以前の持ち主であり、組人さんの兄であり、生命自律思想の提唱者の自殺に関しても、疑惑が囁《ささや》かれるのは当然ですよね」

その場にいた全員が墓石に視線を移したのを確認した後で、葉は結論を口にした。

「**陰橋冬の自殺に疑惑を抱かせること**。それが組人さんの目的だったんですよ」

よろめいて伸ばした手が墓石に触ったことに気づいたようで、尾戸は素早く距離を取った。隣の新川は、彫刻のように動きを止めている。

「自殺の正当性を訴えた思想家が、主張の通りに毒液を呷り、思想を実践した。生命自律主義が皆にインパクトを与え、歪んだフォロワーを増やした理由は、陰橋冬の行動に触発された部分が大きいはずです。自殺を肯定する人間がのうのうと生きながらえていたところで、誰も従おうとは思わないでしょうからね」

尾戸は墓石を食い入るように眺めている。

「待ってくれ。陰橋冬は、組人の兄貴は、自殺って話で間違いないんだよな？」

「そうだと思いますよ。著名な哲学者なら、警察も念入りに検視したでしょうから」

葉は足下を確かめる。暗闇《くらやみ》の中、車から持参したショルダーバッグが懐中電灯に照らされた。

「でも、疑いだけで充分なんですよ。これまで自律主義者がお手本にしていた陰橋冬の潔い死にざまに、もしかしたら、万が一でも、『自殺ではないかもしれない』と曇りが生じた時点で、思想家のカリスマ性は激しく損なわれるんですよ。身も蓋《ふた》もない言い方をすれば、自律主義者たちは陰橋の最期に憧れて、真似《まね》をしたいわけですからね。陰橋が自殺じゃなかったら、そんなの格好よくもなんともない。可能性を匂《にお》わせただけでも、陰橋のフォロワーは瞬く間に減少することでしょうね」

「それが、組人たちの目的だってのか」

「組人さんは、自殺したかった。でも自分の自殺が、多くの人間の自殺につながる流れは断ち切りたかった。両方の望みを叶えるには、これしかなかったんですよ」

「筋は通って聞こえるけどよ……証拠は？　証拠はあるのか」

「そんなの、ありませんよ」

「だめじゃねーか！」

呆《あき》れ顔《がお》になる尾戸の前で、葉はしゃがみこんで足下のショルダーバッグを開いた。取り出したのは、全長五十センチほどの工作用ドリル。父親が日曜大工《だいく》に使用しているものを拝借してきたのだ。

「ないから、これから見つけるんです」

葉はドリルを構え、陰橋の墓石に近寄った。

「これから陰橋冬のお墓を暴きます」

尾戸と新川が、同時に息を吸い込む音が聴こえた。

「千茉莉さんと組人さんの自殺に疑いを生むタネが埋め込まれていたんですから、陰橋冬の自殺にも仕掛けを用意することは考えられます。たとえば陰橋の遺骨に、『カクテル』とは別の毒薬をすり込んで、鑑定を期待するとか」

葉はドリルのスイッチを入れる。しゅんしゅんと小気味のいい駆動音が墓地に流れる。正直、この墓石の構造がどうなっているのか知らないので、工具なんて不要かもしれないが、ハッタリを利かせたかったのだ。

墓石に近づくと、尾戸と新川が左右に動いた。「おい、おい、本気かよ。これ、犯罪にならねえ?」

「器物損壊とかになるかもですね」

葉は余裕の表情を装いつつ淡々と言った。

「でも、俺が遺骨を持ち去ってしまったら、細工は不可能です。すでに細工が完了していても、無駄になりますね。妨害したいなら、ご自由にどうぞ」

葉は歩いてきた道と駐車場を振り返った。

「もうすぐ、久慈沢さんがカメラマンを連れてやってくるはずです。そうしたら、さっきした話をネットで生配信します。どの道、組人さんの計画は頓挫《とんざ》するんですよ」

わんわんと軋《きし》むドリルに不安を感じながら、葉は尾戸と新川に圧力がかかっていることを願った。陰橋の自死にケチをつける材料は他にもあるだろうから、墓荒らしがどれくらい深刻な意味合いを持つものかはわからない。ようするに葉は、プレッシャーで口を割らせるつもりなのだ。

「繰り返しますよ。俺の推測通りだったら、どちらかがどちらかを殺すつもりでいるはずだ。尾戸さん、新川さん、組人さんの遺志を継いでいるのはどっちなんです！」

「俺じゃねえよ、本当に、なんにも知らされてない！」尾戸は手をばたつかせて否定する。確かにこれまでの驚きぶりは、しらを切っているとは思えないが、彼が名優である可能性も否定できない。

「新川ちゃんは？　どうなのよ」

距離を取ったままの響が問いを投げたが、新川は微動だにしない。葉もドリルも墓石さえ視界にない様子だ。ただただ空を見上げている。

ふいに、その足が動いた。墓地を離れ、草むらの方へ走り出す。最初に反応したのは嵐、次に響、尾戸は三番目に走り出した。ドリルの扱いに迷ったせいで、葉はスタートが遅れてしまった。電源を落としたドリルをその場に置いてから追いかける。

草むらに入ると、すでに尾戸が新川の右手を捕まえていた。

「雨宮の言った通りなのかよ」華奢な両肩を、尾戸は乱暴に揺さぶっている。

「新川お前、組人たちに指示されて俺を殺すつもりだったのか？　答えろよ！」

だが新川は尾戸を見てさえいない。

視線は依然、空だ。その手が、上へ伸びた。

葉は一瞬、勘違いをした。月に手を振っている。

違う。月の隣に輪が見える。いや、隣ではない。夜空は距離感覚を狂わせる。天体より遥《はる》か下方、せいぜい十メートル程度の上空を、それは飛行している。

円とひし形と×印を組み合わせたような形状。ドローンだ。こんな暗がりで飛ばして遊んでも楽しいのだろうか。脳天気な想像は、新川の叫びに破られた。

「ここです！　殺して」

直後にそれは拡大される。いや、落ちてくる。

ひし形の各辺に、ペットボトルが下がっているのを葉はようやく視認した。あの中身はなんだ？　今、新川は「殺して」と懇願した。ガソリンの類か？　このままの勢いで接地したら、どうなる？

「離れろ！」嵐が叫んでいる。

ようやく葉は、自分の迂闊《うかつ》さを悟った。

組人の計画を完成させるために尾戸たちを殺害する「始末役」は二人のうちのどち

らかである必要なんてないからだ。

踵《きびす》を返し、全速力で走る。草むらはまずい。直撃を免《まぬが》れたとしても、炎と煙が――

背後で何かが砕《くだ》ける音。一瞬で、周囲は白煙に包まれた。


新川ひなたは、陰橋邸で共に暮らした三人を、家族より固い絆《きずな》で結ばれた仲間だと心の底から信じていた。いずれ、四人は『カクテル』を叩ってこの世から消える。死ぬこと自体は怖くない。ただ、ひなたは、死ぬときはこの毒液に頼らなくてもいいのではと考えるようになった。

「一緒にされるのが嫌なんです。他の自律主義の人たちと」

あるとき、不満を漏らしてしまった。その場にいたのは組人と千茉莉の二人で、怒られるかと思ったら、案外優しく話を聞いてくれたのだ。

「つまり、ひなたちゃんは自律主義が気に食わないと」スナック菓子をかじりながら、千茉莉は不平を受け止めてくれる。なんでもない仕草まで、絵になる人だった。

「主義が気に食わないっていうか、同じことを信じているってだけで一緒にされたくないんです」

「なるほどね。確かにSNSとかには、変なやつらも多いかな」

組人は苦笑する。生命自律主義者が集まるSNSには彼らを論破しようと否定派が議論をふっかけてくることもしばしばだ。その際、否定サイドを悪し様に罵ったり、差別的な言動をばらまく自律主義者も珍しくないため、ひなたはうんざりしていた。

「自殺の方法、『カクテル』から変えませんか」

だからひなたは、大好きな仲間を、そんな下品なグループから区別したいと願って、提案したのだ。自分の発言が、組人の方針を大きく転換させる結果になるとは予想もせずに。

「ごめんなさい、組人君、ひなたちゃん。私やっぱり、一人で死にたいの」

四ヵ月前の話だ。千茉莉が突然、自律主義をやめたいと言い出した。

「人生つまんないし、死んじゃおうかとは思うけどね？　こうやって仲間を作って、おててつないで死ぬなんて、正直、気持ち悪いと思っちゃった」

多くのファンを魅了した甘い声と率直な仕草で、千茉莉は残酷の極みを口にした。

ひどい、と憤ったひなただが、主義主張を強制することは許されない。これで千茉莉とはお別れかと寂しくなったが、

「その発言、共感できる部分もなくはない」

意外なことに、陰橋の弟である組人が、理解を示したのだ。

「僕は最近、自律主義の正当性について疑問を覚え始めていたんだよ。兄の思想自体は高く評価している。いずれは、あの毒液を流し込んで自分を終わらせる予定だ。でも、あの本を無条件に信じるような連中が自死を垂れ流し続ける風潮を、喜ぶべきなのかなあ、ってね」

「面白いなあ、組人君も、同じように考えてたんだ」

千茉莉は拍手する。「要約すると、こういう意味よね。『自分たちが自殺するのはいい。他の奴らが自殺するのはいやだ』」

大好きな二人だったが、さすがにひなたは呆れた。

「……めちゃくちゃ自分勝手じゃないですか」

「勝手だよ？」

千茉莉はグラビアの一ページみたいに首を傾げる。「そもそも自殺するような人間よ？　自分勝手の頂点じゃない」

結局、千茉莉は陰橋邸に残った。組人の心変わりを面白がり、彼のアイデアを受け入れたのだ。

彼女が命を絶った夜、組人はひなたに囁いた。

「ひなたちゃん、締めくくりは君に任せるからね」


白煙は次第に勢いを落とし、数分で闇に吸収された。ドローンと共に落下した液体の正体は不明だが、操縦者が期待するほどの火力は発揮できなかったようだ。鼻から下を押さえるだけでやりすごせたので、毒ガスの類でもなさそうだ。

焦げたドローンの周囲を除いては、草むらも着火しなかった様子だ。夜露に濡《ぬ》れはじめていたおかげだろうか。

「みんな、無事？」呼びかけながら、葉は反省することしきりだった。リスク管理がお粗末すぎる。少年探偵ユウには程遠い。

「だいじょぶー」

「問題ない」

背の高い草をかき分け、響と嵐が同時に現れた。

「ごめん、俺の見通しが甘かったせいで、危ない目に遭わせちゃった」

「いーよ。葉君のアイデアに乗ったんだからさ」

「その時点で、ある程度の危険は承知していた」

二人して、頭のひっつき虫を払っている。

「やめろ！　帰ってこい！」

直後、尾戸の声が響いた。墓所を抜けた先から聞こえるようだ。顔を見合わせ、葉たちはそちらへ走る。踏みしめる感触に砂利が混ざりはじめた。この場所は丘と丘の中間地点。近くには川が流れているはずだ。

懐中電灯の出力を上げながら、河原を下る。さいわい、勾配は緩やかだ。水の匂いが鼻孔をくすぐりはじめたころ、尾戸の影を見つけた。前方を照らすと、新川の姿が浮かび上がった。川面《かわも》にふとももまで足を浸《つ》けている。土の色に汚れているが、目立ったケガはないようだ。尾戸も同じように土まみれなので、爆発のとき、彼が突き飛ばして助けたのかもしれない。

「危ねえってば！」

尾戸が怒鳴る。闇の中、この川がどの程度の水流なのか判別できないが、着衣のままやりすごせるほど優しい川とはとても思えない。少しでもバランスを崩したら、起きあがれないまま流されてしまうことも考えられる。

「放っておいて」

嗚咽《おえつ》混じりの声が返ってきた。

「このままでいい。もう、死ぬから……」

「冷静になって、新川さん」

葉も呼びかける。「ドローンの操縦者は失敗したんだ。正直、びっくりしたけどさ……まさか、計画を完遂させるために、あの場にいる全員を亡きものにする覚悟だったとは予想外だったけど、それもうまくいかなかった。計画を理解した俺たちが生きている以上、もう無駄なんだよ、全部」

「どうしてばらしたのよ！」金切り声が夜を走る。「私だけが殺される予定だったの！　こんな場所に呼び出されなかったら、家の中なら、もっと簡単に殺してもらえたのに。自殺する人、減ったかもしれないのよ」

「いやいや、スルーできないでしょー？」

響が諭《さと》すように言う。

「計画が成功しても、自殺の数、本当に少なくなるかはわからないじゃん。でも誰か一人は殺されちゃうでしょ？　黙ってられないよ」

「きれいごと、きれいごと、きれいごと！」

「なんでなんだよ」

尾戸が割って入る。「なんで俺だけ教えてもらってないわけ？　どうして俺だけ仲間外れなんだよ！」

それ、今訊く話か？　と葉は思ったが、尾戸は尾戸で傷ついているのかもしれなかった。

「だって、尾戸さんは……違うから」ぼつの悪そうな声が返ってきた。

「もう人生どうでもいいってあきらめてる人は、感情が薄いっていうか、捨て鉢なの。でも尾戸さんはすぐ喜んで、すぐ怒る。私たち三人とも、裏では思ってたよ。この人、まだまだ生きる気力があるって」

「えっ、嘘だよな」指摘されるまで、尾戸は自覚していなかったようだ。救いを求めるような顔で、葉のほうを向いた。

「俺、意気消沈して、いかにも希望がないって感じだよな」

「いや？　討論番組のときから、この人元気だなって思ってました」葉は正直に伝えた。

「生命力に満ちあふれているな」嵐は追撃を加えた。

「なんか、ずっとうるさかった」響は容赦がなかった。

「うそ……そんなの俺……そっかあ」尾戸は衝撃を受けているようだ。

「尾戸さんはどうでもいいですよ。私もどうなってもいいんです。友達ができなくて、だまされて、信頼できる人たちに出会って、助けてあげたいってがんばったけど、結局失敗しちゃった！」

新川はばしゃばしゃと、歩みを進める。「もう自律主義でもなんでもないです。ただ、死んじゃいたい！」

「待ってくれ。生きる希望を失ったというのなら」

嵐が声を張り上げた。

「最後に、サッカーをしないか」

不条理に棒で殴られたみたいな数秒間。

「はあっ？」

目をむいたのは尾戸だった。

「おまえ、こんなところまでボール持ってきてるの？」

「そこまで非常識じゃない」

「ボールなしでサッカーやるのは常識的なのかよ……」

「エアサッカーなら可能だ」

なに言ってるんだろう？　葉はリアクションに迷う。しかし水深の深い場所へ歩き出していたと思われる新川が、動きを止めたのは事実だった。成り行きを見守ることにする。

「新川さん、エアサッカーだ。頭の中で勝敗をシミュレートするんだよ。二人だからPK戦がいいな。キーパーとキッカーを交互に担当しよう」

「私、これから死ぬんですけど」

懐中電灯の光の中、新川が呆れている。

「俺から行かせてもらう。シュート。ボールはゴールネットに突き刺さる。君は反応できなかった。1点」

「なに勝手に始めてるんですか」

「君の攻撃。ボールはゴールポストに弾かれる。0点」

「話、聞いてますか」

抗議する新川に対しお構いなしで、嵐はゲームを進行させていく。

「俺の攻撃、わずかにつま先のポジションをしくじった。ボールはあさっての方向へ転がる。0点」

「ねえったら」

「君の攻撃。今度は俺の正面に蹴ってしまう。0点。俺の攻撃。君の反応と正反対へ蹴り出すことに成功した。1点」

「これ、何が楽しいんですか。さっきからあなたが勝手に勝敗を決めてるだけじゃないですか」

叫ぶ新川に、嵐は落ち着いた声を返した。

「君の言う通り、俺が適当に決めている。でも、どうして怒るんだ」

「そんなの、怒って当然――」

声が続かない。葉もようやく、嵐の意図を理解した。

十数メートル離れた地点からも、嵐は新川の顔をまっすぐに見据えている。

「俺が思うに、自殺とは究極のサレンダーだ。あらゆる物事に降参を認めるから全部、投げ捨ててしまえるんだろう。でも君は今、いらだっているよな？　俺が強引に持ちかけた、適当な遊びに負けているだけだっていうのに」

「違う」

「違わない。君は尾戸に対して、まだ意気に溢《あふ》れているから、自殺なんて早いというような評価を口にした。だとしたら、君も同じじゃないか。怒っている。悔しがっている。だったらまだ、生きられる」

「違う違う違う違う」

「ゲームを続けよう。俺の攻撃。君は正面からパンチングを試みるが、さばき切れず、ゴールネットへ転がしてしまう。1点」

「やだ、いやだよう」

泣きじゃくり始めた新川を眺めていた葉は、ふいに河原の横手、茂みの辺りから、黒いジャンパーを着た二人組が飛び出したことに気がついた。反射的にライトで照らそうとして、思い留まる。少しだけ反射光に浮かび上がった横顔に、見覚えがあったからだ。

陰橋邸で見かけた、警官だった。

「どうしてかまうのよ。ずっと放っておかれたのに、いまさらっ。やさしくしないでよ」

下を向いた新川が顔を上げたとき、すでに警官は彼女の目前まで迫っていた。

「いやっ」

一人が新川を羽交《はが》い締《じ》めにした後、もう一人がカラビナのような器具とロープを彼女に繫《つな》いだ。転倒した際、流されるのを防ぐ配慮だろうか。小柄な新川は、手足をばたつかせてもほとんど意味はなく、すぐに河原まで連れてこられてしまった。

「死者・負傷者ゼロで済みそうですね」

葉が振り向くと、舞子ノ宮管理官が河原の土手を下ってくるところだった。

「どうしてここがわかったんですか」

「どうしてと言いますか、当然と言いますか」舞子ノ宮はコートに付いたひっつき虫を払いながら、「陰橋邸の隣からの撤収作業中に、尾戸さんたちがタクシーを呼んで出ていくのを目の当たりにしましたら、後をつけるのは無理もない話かと」

言われてみれば、そうだ。

「おかげで、たいへん有意義な話を伺うことができました。まさか偽造本棚に、そんな理由があったとは」

「舞子ノ宮さん」葉は疑ってしまう。「ひょっとして、俺と同じ結論にたどり着いてたんじゃないですか。でも警察は証拠なしじゃ動けない。だから俺から追及させて、新川さんなり、尾戸さんなりの反応を見るつもりだった——」

「とんでもありません。私たちは、市民の生命と平穏を守る警察官ですよ」

ころころと笑い飛ばす。「公安じゃあるまいし、ありえません。市民を囮《おとり》にぶらさげるなど」

「公安だったら、やるんですか……」

「さあ？　公安とはあまり親しくないもので」

この人、全然参考にならないな……葉はあらためて、この管理官を小説のモデルにすることを断念した。

「てゆうかさ、ついてきてたんなら、もっと早めに助けてくれてもよかったじゃん！」

響が口を尖らせる。「私たち、煙とか炎で危なかったんだから」

「お手伝いしましたとも。延焼は最低限で済んだでしょう？」

舞子ノ宮は背後の草原を見上げた。「私の部下が消火器を使わなかったら、まだ燃え続けていたかもしれませんよ」

響は瞼をぱちくりと開閉させた。

葉も気づいていなかった。白煙の中で消火器の泡《あわ》が紛《まぎ》れてしまったからだろう。

「用意がいいですね」拘束された新川と、うなだれる尾戸の方を見ていた嵐が振り返った。

「警察の車両は、消火器を常備しているものなんですか」

「さすがに買いかぶりです。今回は、予想していたので用意しただけですよ」

予想？

「組人さんの自殺を幇助したと睨んでいた人物が、最近、ドローンと大量のシンナーを購入したと判明したので、警戒を怠らなかっただけです」

「ちょ、ちょっと待って」

葉は話についていけない。

「さっき、ドローンを操縦していたのが誰なのか、わかってるんですか」

「あれ？　雨宮さんはまだご存じなかったんですか」

かちんとくる。

「わかってるんなら、こんなところでのんびりしていていいんですか？」

「もう、確保しましたから」

「えっ」

暴れ疲れたのかぐったりと頭《こうべ》を垂れた新川の背中を押しながら、二人の警官が河原を登る。葉たちもその後に続いた。墓地を抜け、響のボックスワゴンが停まっている駐車場に着くと、来たときにはなかった二台のセダンが離れた位置に見える。手前にある方の一台に、舞子ノ宮は葉を導いた。

後部座席に、三人が座っている。両サイドは見たことのある警官だ。二人に体を挟まれて、窮屈そうに顔をしかめていた男が、葉に気づいて白い歯を見せた。

それは久慈沢達也《たつや》だった。

「うっそでしょう」

響は心底驚いている様子だった。

「久慈沢さん、ぜったい自殺なんてするタイプじゃないよ。人類滅亡寸前になっても、ヘラヘラ笑ってる人種じゃん！」

「あはは、ひってえ認識だな」

普段と変わらない久慈沢の態度に、葉は怒る気も失《う》せていた。

「おじさんはね、わかりにくいんだよ。そこの尾戸君なんかと違ってね」

「ああ？」

「無駄に歳をくってもさ、複雑になったり、高尚になったりはしないけど、わかりにくくはなるもんなのさ」

「どこまで予定通りだったんです」葉としては確認しておきたい。「組人さんと千茉莉さんが発案で、久慈沢さんがプロデューサーみたいなポジションですか？」

「いや、そこまで操ってはいないよ。ネットカシオの上層部に自律主義のシンパがいたのも本当だし、番組がああいうことになって、びっくりしたのも嘘じゃない。必要だったのは、番組で組人君たちに、存分に語ってもらうことだった。組人君を自律主義の代表みたいに祭り上げた上で、疑惑の死を迎えてもらった方が、反応が大きいからねえ」

そこで顔の向きを変えた久慈沢は、葉たちの後ろに立っていた舞子ノ宮に目を向けた。

「でも不思議だなあ。おじさんのこと、いつから怪しんでたんです」

「衣料品の繊維です」

上役にでも報告が必要なのか、タブレットに何か入力しながら、管理官は語った。

「組人さんの胃から検出された衣料品のものと思われる繊維、それが手がかりでした」

葉も、繊維の件は教えてもらっていた。今になってもつながらないのが口惜《くや》しい。

「プラスして、『カクテル』の流通が停止していた点も重視しました。それはつまり、自律主義のエース的存在である組人さんたちさえ、毒液の入手先に困っていたという意味になります。じじつ、ネットカシオのスタジオを出た後の彼らは薬剤を所持しておらず、陰橋邸にもストックは存在しませんでした」

これも、管理官から教えてもらった話だ。組人が命を溶かした『カクテル』の出所はどこなのか。

「しかしながら、彼らは直前までカクテルを三人分、持っていたはずです。討論番組の最後に組人さんたちが持ち出した三本のペットボトルです。後で考えるとあの場での自殺未遂騒ぎはパフォーマンスにすぎなかったのでしょうが、あの中身自体は本物でした」

後日、スタジオの床を調べさせてもらったと舞子ノ宮は言う。

「あのボトルは三つとも、床に転がって中身をぶちまけたはずですが」

嵐の疑問に、管理官はコートを触りながら、

「こぼれても、ペントバルビタール系は薬効を失うものではありません。容器にしまうか、吸水性のある布にでも吸い取ってしまえば再利用は可能です。たとえばハンカチとか、衣服とか」

「……それで、繊維ですか」葉は納得すると同時に、舌打ちしていた。「あの場にいた人間なら、さりげなく足をついたり、起きあがる動作にカムフラージュして拭《ふ》き取《と》ることもできたはずですね」

一度床にこぼれた液体を飲み干すのは衛生的に問題があるような気もするが――そもそも自殺するのだから、どうでもいいとも言える。

「後で適当な容器に移した薬液を、組人さんに渡せば仕事は終わりです。この作業が

可能な人物は限られています」

舞子ノ宮は芝居がかった仕草で指を立てる。

「一つ。三本のボトルが床に転がったあの場に居合わせた人間。二つ。組人さんに何かを受け渡す機会があった人間。一つ目ですが、久慈沢さんは、ボトルが転がったまさにその場所にいました。雨宮さんたちがスタジオを出ていった後も居残っていましたよね。そして二つ目ですが、家宅捜索が行われた後の陰橋邸で、外部からやってきて組人さんに何かを渡した人物は一人だけでした。お土産の紙袋を下げていた久慈沢さんです」

「あれはしくじった。ま、他にどうしようもなかったけどね」

久慈沢は笑いをこらえるように体を揺する。ぎゅうぎゅう詰めの座席だから、左右の警官が迷惑そうだ。

「しくじったのは……今日もじゃないですか」

警官の手を離れた新川が、憔悴《しょうすい》しきった顔で近づいてきた。

「私は、死なきゃ、殺されなきゃいけなかったんです。すごく目立つ方法で！　それなのに、死に損なったじゃないですか。このヘタクソっ」

「いーや、成功だよ」久慈沢はにかりと歯をむき出して見せた。「だって組人君、新川ちゃんを殺せとは頼まなかったもん」

新川の顔が驚愕に歪む。

「なんだよ」尾戸が大きな息を吐いた。

「新川も、俺とたいして変わんなかったんだな。置き去りにされたんだ」

「いやだ、いやだ、ちがうもん！」

泣き叫ぶ新川をよそに、葉は組人たちを見直していた。

言われてみれば、新川は殺されなくても問題はないのだ。彼女が命を狙われた、という事実だけで、前の二人も自死ではなかったのかも、と疑惑を呼ぶ結果になるのだから。ドローン爆弾の火力の低さにも頷ける。

「消火活動に励んだ我々がピエロですね」

舞子ノ宮は、不機嫌そうに振り回したキーを手に、セダンに乗り込んだ。

「殺人未遂は帳消しになっても、自殺幇助と放火の罪は残っているので覚悟してください」

葉たちも、最寄りの警察署であらためて聴取を受けることになった。

尾戸と新川は、もう一台のセダンで連れていかれるようだ。

「なにもできなかった。私」

両の手のひらで顔をかき混ぜながら、新川が嘆く。

「組人さんの計画もバレちゃったから……自律主義も、自殺もなくならない」

「そうでもないんじゃないですか」葉は少し楽観的な予測を口にした。

「一連の事情が明るみに出たら、熱心な自律主義者たちは千茉莉さんや組人さんに幻滅するはずです。自律主義にとってはけっこうなダメージですよ」

考えようによっては、事態がどう転がろうとも、組人たちの目的はある程度達成される仕組みが出来上がっていたのだとも言える。

組人が葉に対して放った問いかけ、あれがどこまで見抜かれることを想定した言葉だったのかは、今となっては確かめるすべもない。

ただ、葉は決意していた。いつか、組人をモデルに小説を書いてみたい。

「でも私、死にたかった。死ねなかった……どうしたらいいの」

なおも絶望を漏らす新川に、隣の車内から舞子ノ宮が呼びかける。

「なんにもしなくてもいいと思いますよ」

それは案外、優しい言葉かもしれなかった。

「大事なものを見つけて、そのために思い悩めと急き立てる時代ですけれど、なにも考えなくてもそれなりに暮らしていけるシステムも整いつつあります。機械になって、歯車になって生きたらいいのです。それは悪いことではありません。悩んだあげくに命を絶つより数倍ましですよ。人形になりきれなかったら、立ち止まって、またしばらく悩んだらいいんです」

「なにも、考えなくていい……？」新川の嗚咽が止まった。

「あのな、俺はどこまでも蚊帳《かや》の外だったけどよ」

尾戸が、苦虫の汁を飲み干すみたいな顔で笑う。

「今のごたごたが終わったら、たぶん、新川と俺はバラバラになるかもしれねーけどさ、たまには連絡するよ。そのたびに、死ぬなよ、死ぬなよ、って言ってやる。のけものだったけど、仲間だと思われてなかっただろうけど、しつこく伝え続けるよ……」

身を屈《かが》め、小さな新川の目をのぞき込んで語る尾戸に、葉は救いのような明るさを感じた。

それは来る途中の車内で響たちと交わした言葉と、同じ色合いを持っていたからだ。

エピローグ

尾戸陽一は、バスターミナルの待合室で居心地の悪さに耐えていた。原因は隣の席に腰かけている箱川嵐だ。

墓地の騒動から数日が経過した。事情聴取も終わり尾戸と新川は警察から解放されたが、尾戸はこのまま東京に居続けようとは思わなかった。

組人は、決して自分たちをないがしろにしていたわけではないだろう。その証拠に、陰橋の遺産の一部が二人に渡るよう取り計らってくれていた。

残りの遺産を相続した遠縁の人物との交渉次第では、屋敷に住み続けることも可能だったろう。しかし尾戸は、たった一人、広い屋敷で過ごす日々に魅力を感じなかった。

親元を離れて屋敷に転がり込んでいた新川が、実家へ帰ることを決断したからだ。

あれからろくに会話を交わしていなかったが、彼女なりに思うところがあったのだろう。最後はぺこりと頭を下げて、屋敷を出ていった。

(俺も、やり直せるかな)

尾戸も、帰郷を決意した。ブランクは大きい。それでもまだサッカーを続けたかったし、まだ手遅れではないと信じたかった。

故郷へ帰って心機一転。それは構わない。問題は、東京最後の日に箱川嵐が訪ねてきて、最寄りのバス停まで見送りをしたいと言い出したことだった。しかも屋敷を出てからターミナルに着くまで、箱川は一言も口にしない。気まずいにも限度がある。

「おい」

しびれを切らして尾戸は訊く。

「うん?」

「うん、じゃねえよ。お前、なにが目的で見送りに来たのって訊いてんの」

「ああ、そうだな」

箱川はわずかだけ首を傾げた。

「尾戸さん、あなたとは、一度くらい二人で話をしたいと思っていた。ただ実際会ってみると、話題が浮かばなかった」

「なんだそれ……」

「なにか話題を決めようか。バラエティ番組みたいに」

「俺とお前で、何を話せっていうんだよ」

「共通の話題というと、やはりサッカーだろうか」

「お前、デリカシーって言葉知ってる？」

「すまない。配慮が足りなかったか。やはり、話すことがないな」

題材を考えて出直してくる、と言って、箱川は席を立った。尾戸としては、無理に来てもらわなくていいのだが……

「そうだ尾戸さん、してほしい約束がある」

「なんだよ」

「いつか、俺とサッカーで勝負しよう。可能なら、どこかの大舞台で」

……こいつ、五秒前の発言を忘れたか？

「復帰のめどもついてねえんだぞ。俺」

「それでもいい」

箱川の表情は揺るがない。

「いつになるにしても、約束をしておくことが、尾戸さんの励みになるかと考えた」

「お前は俺を買いかぶりすぎだよ」

尾戸は深々と息を吐いた。

「お前とはり合えるくらいの、サッカー大好き純粋人間じゃないんだよ。そんな口約束一つで癒やされたり、希望を持ったりするもんかよ」

「そうか」

待合室を出ていく箱川は、最後に振り返り、歯を見せて笑った。

「では、俺の不戦勝だな」

そんな感情がまだ残っていたのかと不思議になったくらい、頭に血が上った。

「はあ？　ふざけんなよ！　やってみなきゃわかんねーだろうが！　ブチ勝ってやるよっ」

入り口のドアは閉ざされ、箱川の反応はない。悪態《あくたい》をつきながら、尾戸はこみあげてくる熱いものを自覚した。

「ふざけんなよ……」

梅雨《つゆ》晴れの風にしてはやわらかく、頬に心地いい。

地面がすっかり乾いていることに感謝しながら、葉は雑草の生い茂る道を歩いていた。眼前には、白と黄緑に彩られた長方形。かつて病院だった建物の残骸《ざんがい》だ。丁寧な加工が施されていたのか、月日が流れても壁の色は白いままだったが、急成長する植物には抗えず、押した手形のようなツタ植物の葉とツルに埋もれている。

ここは、桜倉が最期を迎えた病院の跡地だ。ぶらさがるツルをかき分けながら、葉は中庭へと進む。他のエリアに比べると雑草が少ないのは、ときどき訪れる葉が手入れをしているからだ。今日も持参した小型のカマでツルを切り取り、虫除けを撒く。中庭の中央に残る丸テーブルの周囲を入念に刈り取った後、葉は背中のザックから、二冊の本を取り出した。

発売されたばかりの桜倉の未発表作品集だ。桜倉の全集や関連書籍の新刊が発売されると、この場所へ持ってくることが、葉の習慣になっていた。魂や意志のようなものが世界に遺るとしたら、桜倉の場合、墓石の下ではなく、この場所に居るように思われたからだ。

「姉さんの文章が本になるのはこれが最後かな」

本をテーブルの上に広げた後で、葉はザックから紅茶とジンジャエールのペットボトルを取り出した。短い期間だったが、葉と桜倉、そしてリナちゃんの三人でお茶会を開いたテーブルだ。

「おーす」

がさがさとツルを騒がせながら、響がやってきた。この習慣を聞いたとき、同席したいと申し出たのだ。葉としても、リナちゃんにはもう一度、ここに来てほしかった。

「雑草、まじすごいなあ。潰れたんだっけ。この病院」

「移転しただけだよ。建物もいちおう、関連会社が管理してるって」

「ちなみにこれ、不法侵入？」

「さすがにそれはない。ちゃんと話は通してあるよ」

歩き疲れた、とこぼして、響はテーブルの前のイスに座った。以前は最寄り駅から送迎バスが出ていたが、閉鎖されてからは三キロの道のりを歩くしかない。一息ついてから、響は鞄から三人分のカップを取り出した。快晴の空を思わせるエインズレイだ。

「奮発しましたわー。あのころはさあ、売店に紙コップしか売ってなかったし」

「なんか、俺も高いやつを持ってきたらよかったね」

「いやいや、こんな有様でお茶を淹《い》れるのは大変だし、いいよ」

三人分の紅茶を注ぎ、乾杯する。話題は、討論番組から、そこで出会った人々へと流れていく。

「嵐君、尾戸君に会いに行ったらしいよ。話すことがなくて困ったって」

じゃあ、なんで行ったんだよ……相変わらず、行動が読めない人だ。

「葉君、国会図書館はまだチェックしてる？」

自律主義者の自殺数を示す、自伝の納本が増えているかという話だ。

「ぽつぽつとは入ってるけどさ、スピードはなだらかになってるかもしれない」

「じゃあ組人君の計画も、無意味じゃなかったわけだね」

感慨深げに響は空を見上げた。組人の計画はワイドショーなどで詳細に報道されたわけではない。それでも陰橋冬の親族とその周辺にいた人間が面倒な事件を巻き起こしたらしいというニュアンスは伝わったようで、陰橋冬に対して自律主義者が抱いていた熱狂を、それなりに冷ましてくれたようだ。

「あと勾留中の久慈沢さんから、手紙がきたよ」響は肩を浮かせる。「出てこれたら、配信にゲストで呼んでほしいって」

「面の皮が、鋼鉄だ……」呆れるしかなかった。

「それからさ、どうして組人君の計画を手伝ったのか、心情が書いてあったよ。葉君は、ガイアナ大量死事件って知ってる？」

あらましくらいなら、と答える。一九七八年、南米ガイアナに移り住んだ『人民寺院』と呼ばれる宗教団体の信者たちが、教祖、ジム・ジョーンズに従って集団自殺を実行したという宗教史・犯罪史に残る大惨事だ。とばっちりを受けて殺されたマスコミ関係者・政治家を含めた死亡者は、九百十八人。

「あの自殺現場の映像、けっこうドキュメンタリー番組とかで取り上げられてるんだよね。あの人、小さいころにそれを観て、マスコミに就職しようって決めたらしいよ」

集団自殺。

人民寺院とは異なり、生命自律主義は宗教団体ではない。でも久慈沢にとって、二つの集団には同種の魅力が漂うものだったのか。

「拘置所で、自分の中を見つめ直してようやく整理できたって手紙には書いてあったけど、久慈沢さんは、自殺そのものじゃなく、社会にケンカを売るような考え方をする人や団体が行き詰まったあげく、めちゃくちゃになる様子に美しさを感じていたみたい。だから組人君を手助けしたんだってさ。よくわかんない理屈だよね」

少し考えてから、葉は自分なりの解釈を伝える。

「組人さんにとって、お兄さんが広めた生命自律主義は自分の過去や血筋にぶらさがっているものだった。自分の創作に限界を感じて死を望んだとき、どうせなら生命自律主義ごと消えてなくなりたいって決意したんだろう。その考え方に、久慈沢さんは潔さを感じたってところかな」

「ちょっと難しく考えすぎじゃない？」

眉をひそめるリナちゃんに、そうかもね、と返す。「色々振り回されたけど、俺、組人さんのこと、あんまり嫌いになれない」

「どして？」

「あの人、絶望してるとか言いながら飄々《ひょうひょう》としててさ、友達を大事にしながら、最後は見捨てちゃうし、世の中のことを考えてるようで、無責任だし」

それほど長時間言葉を交わしたわけでもない青年に対して、葉は適切な言葉を探した。

「なんか、人間、って感じだった」

回答のようでそうでもない葉の言葉に、響は黙って紅茶を啜った。

「ごめん。うまく表現できなくて」

うなだれながら、思う。本人は満足して死んだかもしれないが、もっと話をしてみたかった。意見をぶつけ合ってみたかった。要するに、生きていてもらいたかった。

そんなふうに伝えたら、自死を先延ばしにしてくれただろうか。

結局、人を死なせない最適な方法は、「死なないでください」と懇願《こんがん》することなのだろうか。

「俺は組人さんを、鏡みたいに見ていたのかもしれない」

絡まっていた言葉が、ふいに飛び出した。

「自律主義なんて、自殺を肯定する思想なんて、ぜったいに賛成できないし、そんな考え方に染まった奴らなんて、違う種類の人間みたいに遠ざけて考えてた。でも組人さんに惑わされるうちに、まぼろしみたいなあの人の、中身を覗《のぞ》いてやりたくなったんだ」

「何が見えた？　じょきじょき切開して」

「同じ色の内臓だった」

葉は曖昧な言葉を吐き出した。

「俺が桜倉にくっついていたみたいに、組人さんも陰橋冬に囚《とら》われてた。お兄さんから自由になりたくて、彼なりの物語を作ろうとしてたんだろうって理解できたから、ようやく目論見に気づいたんだ」

「残念だったね。理解したころには、もう組人君、死んじゃってた」

それでも危うい状態だった新川をこの世に留め、組人の志を明らかにできたのだから、墓地での一部始終は無駄ではなかった、と葉は信じたかった。

「ま、難しい話はここまでにしてっと」

リナちゃんは鞄からペットボトルを取り出し、空になった自分のカップに注いだ。

「もう一杯飲んで、そろそろお開きにしよっか」

響はカップを口元に動かす。

その手を、葉は素早くつかんだ。

「おや?」

「おや、じゃないよリナちゃん」

葉はカップを奪い取る。

「この中身、飲んだら死ぬやつだろ?」

ちょっとした失敗を咎められたような軽い笑顔で、響は奪われたカップに手を伸ばす。

「なに言ってるの? それ、私のジュースだってば」

「認めないなら、俺が確かめようか」

しかし葉がカップを自分の口の近くに動かすと、見せかけの余裕は消えた。

「やめて」

葉はテーブルにカップを下ろす。安心したのか、響は再び、おちゃらけた顔になる。

「あーあ。こんなことになるなら、家で、静かに死ねばよかったよ」

この場所で終わりたかったんだけどね、とツタの中庭を見回した。

「ちなみに中身は『カクテル』じゃないからね。『カクテル』でだけは死んでも死にたくない」

自分の言葉でふき出した。

「葉君、どこまで、わかってるの？」

「リナちゃんは、組人さんの仕掛けについて、もっと前からわかっていた」

「そう思ったのは、いつから？」

「気づいたのは、ついさっき」葉はカップの中身を地面にこぼす。「この本を見て、不自然だと思った」

「なにが不自然？」

「何度も繰り返した話だけど、俺は、桜倉の全集が普通の単行本の本棚に収まらないってところから違和感を見つけ出した」

葉は未発表作品集の一巻を閉じ、テーブルの上に立てる。

「この全集のサイズは、気まぐれや出版社の都合で決まったものじゃない。生前の桜倉が指定した条件に応じたものだ。病人や視力が弱い人は、小さい文字だと読むのがしんどいから、せめて全集くらいはフォントを大きくしてほしいって要望を、俺が編集の人にお願いしたんだよ。そのせいで、装丁の関係からちょっとだけサイズが大きくなった。でもさ」

葉はリナちゃんをまっすぐ見据える。

「そのアイデアはさ、そもそも病院で、リナちゃんが言い出したものだったろ?」

「葉君、記憶力いいなあ。お姉さんびっくりだよ」

「ある意味俺以上に桜倉の熱烈なファンだったリナちゃんが、そんな話を忘れるはずがない。そしてリナちゃんは、自殺予告を生配信で観たって話してた。しかも配信に不慣れな千茉莉さんのために、やり方を教えてあげたって言ってただろ? だったら最初に配信を目にした時点で、あの本棚が偽造だって気づいたとしてもおかしくない」

「気づいたからって、どうなるの」

また、心地よい風が吹いた。響は頬杖《ほおづえ》をつき、髪が乱れるのを楽しんでいるかのようだ。「あれだけで、組人さんの計画に気づけると思う?」

「思わない。でも、討論番組で言及してもよかっただろ? 組人さんが、偽造本棚について死の直前にヒントを与えてくれた点から推測すると、そんなに早い段階で気づかれるとは予想も期待もしていなかったはずだ。もしかしたら組人さんは計画を再考して、自死の実行が後回しになったとも考えられる」

「それは結果論じゃない？」

「百歩譲ってそうだとしようか。だとしても、最初から偽造本棚を見抜いていたなら、組人さんの自死に疑いが生じた時点で、千茉莉さんと組人さんの両方に他殺の可能性が匂っている状況を把握できたはずだ。そのことを誰にも、警察にも伝えないのは不自然だよ。どう考えてもリナちゃんは――」

喉の渇きに気づきながら、葉は断言した。

「久慈沢さんとは別ルートでつながっていた、組人さんの協力者だ」

「そうだね」

響は小鳥のように頷いた。

「そこから先は、わからない。リナちゃんがどういう思惑を隠していたか、今になって死にたくなったのはどうしてか」

口を割るまでここにいるよ、と圧をかけると、響は低い声で警告を発した。

「知らない方がよかったことまで、知っちゃうかもよ？」

葉は怯まない。

「リナちゃん、俺は作家なんだよ。駆け出しだけどさ」

傲慢《ごうまん》だとも自覚している言葉を、躊躇《ちゅうちょ》なく放つ。

「物を書く人間が知らなくてもいいことなんて、一つもないんだよ」

「かっこよ」

黄緑と白の中、響は手を叩く。

「教えてあげるしかないかあ……ま、そんなに複雑な話でもないから、身構えなくていいよ？　桜倉だけどね、この病院にも、たくさん本を持ち込んで図書室みたいにしちゃってたのは思い出せるよね？」

当然、記憶に残っている。執筆用の資料から単純に読みたかったらしい本まで、桜倉の病室には書物の塔が積み重なっていた。

「その中にね、私、見つけちゃったんだよ」

「なにを」

「陰橋冬の手紙」

反応が遅れたのは、ほんの一瞬だった。

桜倉は陰橋をモデルに小説を書いたのだから、交流が続いていても不自然ではない。

「中身も、読んだわけ？」

「当然。そこにはね。『物語論と生命自律』のアイデアみたいな文章が書いてあった」

陰橋が仲間たちと自殺を遂げ、遺作の『物語論と生命自律』が注目されたのは、桜倉が病没した後だ。とはいえ、原型になるテキストが早い段階で用意されていたとしてもおかしくはない。

「感染症のあれこれで絶望する前だったろうから、手紙には、明るい考え方も書いてあったよ。それでも、自殺に憧れる言葉もたくさん並んでた。そんな手紙を、病室で桜倉は読んだんだよ」

リナちゃんから、静かな怒りが漂っている。

葉はツタの隙間から、彼女とハイキングに出かけた丘を探そうとして、あきらめた。

「あれあれ？　葉君、思ったより驚かないね」

唇の形で不平を示す響に、葉は同調しない。

「姉さんがどんな治療を受けていたのかは、俺も把握してるから。一種の緩和ケアは施されていたみたいだけど、あからさまに寿命を縮めるような措置は頼んでなかったよ」

「だろうね。でも私は、考えちゃうわけよ。あの手紙を読むことで、桜倉の生命力が、生への執着が、点滴の一グラム程度でも薄れてしまっていたなら、それは腹が立つなあって。あと一日、一時間でも命が延びたなら、世紀の名作が生み出されていたかもしれないって……ううん、駄作でもいい。私は一行でも、一文字でも、桜倉の物語に触れていたかった。その可能性を奪ったかもしれない陰橋冬の関係者には、何かを払ってもらいたかった」

神妙に瞑目《めいもく》した後、リナちゃんはニカリと、歯を見せた。

「だから組人君に近づいたわけ。生命自律主義のSNSを通じてね。SNSでは当たり障りのない応答だけに止《とど》めたけど、一度だけ、直接顔を合わせる機会があったの。その程度の接触だと、警察もスルーしちゃったみたいだね。葉君の言う通り、あの子は、心の中に色々な可能性を持っている男の子だったよ。お兄さんを尊敬していたけど、憎んでもいた。自律主義を信じていたけど、軽蔑もしていた。自分が自殺することで自死を増加させる方法も、反対に自死を減らす方法も用意していた……」

響は指先をくるくる動かした。

「だから私は、私の大嫌いな自律主義にも、陰橋冬の信者にもいちばん大きなダメージを負わせる方法を選ぶよう、説得したわけ」

協力者というどころではない。彼女が、先導していたのか。

「よく誘導できたね？　組人さんは、そんなにチョロい人じゃないはずだ」

葉の質問に、リナちゃんは満面の笑みで、作品集を指し示す。

「組人君はね、まじで桜倉のファンだったの」

「……そっか」

葉はすべてを理解した。この世にリナちゃんを超える桜倉のファンはいない。大好きな作家について作品談義に花を咲かせるうちに、心を許してしまったということか。あの人当たりのいい青年は、笑顔の裏に同居人たちにも見せない孤独を隠していたのかもしれない。

「言ってあげたんだよ。組人君の小説は、桜倉の小説に似てるってね。それで言いなり、とまでは都合よく動かなかったけど……私の意見を、尊重はしてくれたよ」

嘘だけど、とリナちゃんは舌を出す。

「ちなみに討論番組に関して、私はノータッチだったからね？　出演者として久慈沢さんに指名されたとき、この人もグルかも、ってよぎったけどさ、協力したわけじゃあない。あくまで、組人君にあの方針を選ぶよう、提案しただけだから」

カッターで脅すなんて、余計な演出して迷惑かけちゃったなあ、と再び舌を伸ばした。

すると響が出演者に選ばれたのは、新川に対応するくくりというだけの、偶然だったのだろうか。久慈沢が響の関わりを知らなかったとしたら、相手方に「味方」を配置しておこうと組人が要望を出したとも考えられるが——今となっては、確かめる術《すべ》はないだろう。

「でも、どうして俺を誘ったの」

疑問が解消しても、次の疑問が浮かび上がってくる。

「リナちゃんも当然、わかっていたはずだ。リナちゃんの次にあの偽造本棚に気づく可能性が高いのは、俺だってさ。さっきも言った通り、偽造本棚の仕込みに早い段階で気づかれてしまったら、全体の目論見を把握されてしまう。それなのに、どうして俺を番組に誘って、予告動画まで見せたんだよ」

「それならそれで、問題なかったの。葉君が突き止めてくれたらね。最悪、組人君が死ぬ前に見抜かれちゃっても、私は嬉しかった」

ますます意図が読めない。

「リナちゃんは、何がしたかったんだよ」

「なにって、組人君や、葉君や、桜倉と同じだよ」

テーブルの作品集を、響は愛《いと》しげに指でなぞった。

「私も、私のための物語を作ってみたかったの」

ちぐはぐな芸術作品を突きつけられた気分だった。目の前にいる遠成響は、どこかぎこちなく、弱々しいと同時に猛々しい。葉は思い知った。再会してから、いや、もしかすると病院にいたころからおおむね強気な態度を崩さなかったリナちゃんは、彼女のせいいっぱいの虚勢だったのだ。

「桜倉の物語は、本当に素晴らしかった。私にとっての完璧だった。だからあの子がいなくなってから、私も書こうと思ったんだよ。小説をね」

「……俺と同じだったのか」

「でも無理。当たり前だけどできるわけなかった。そもそも私には文才がない。葉君と違って、同じ作家という地平にさえ立てなかった。それを理解してから、死にたいって願った。でもなんとなくふんぎりがつかなくて、だらだら生きてた。そんなとき、最高の材料が手に入ったわけ」

「材料ってまさか」

葉は訊いてしまう。自分や嵐、組人たち、そして響自身のことか？

「アンソロジーとか、トリビュート企画ってあるでしょう？　江戸川乱歩とかエラリー・クイーンに私淑する作家さんたちが、大先生の作品に似せた短編とかを寄稿するみたいな、さ。桜倉の小説そのものは再現不可能でも、せめて、トリビュートくらいは完成させたいな、って閃いたわけ。葉君が目指している創作にも似てるけど、私の場合、リアルを使った」

なんだその発想は。

「ようするにね、桜倉の『少年探偵ユウ』みたいに、正義感あふれる少年が、悪い自殺肯定派どもの悪事を暴く物語を、現実に展開させたかったってわけ。もちろん主演は葉君ね。いやあ、感動ものだったよ！　とくに最後、お墓の前で推理を披露するシーンは脳内で拍手喝采《はくしゅかっさい》だった！」

リナちゃんは乱暴に手を叩いた。

「いいタイミングでさあ、背中を押してあげたでしょう？　討論番組の直前とか、桜倉の遺稿を読む前とかさあ！　桜倉へ寄りかかる心を葉君から追い出して、なるべく想像力が自由になるよう助けてあげたわけですよ」

「……誘導してたんだ。俺を」

「いやいや、そんなにあからさまじゃないよ？　ちょっとしたカンフル剤程度の言葉だったね。その程度で見抜いた葉君は、さすがと言うしかないね。いよっ、天才！　桜倉の弟というだけのことはあるね！」

葉は目を瞑《つぶ》る。リナちゃんもまた、「物語」の囚われ人だったのだ。

「と、いう辺りで私のお話は終わりっ。人生も終わり。自分に才能がないのはとっくに理解したし、最後にとびきりのリスペクト作品も完成したしさあ、失礼するね、世界から」

手を伸ばした響は、紅茶で満たされた三つ目のカップを取り上げ、中身を土に吸わせた。桜倉のために用意したその杯に、先程の毒入りペットボトルを近づける。

「わかってるのリナちゃん。それは陰橋冬の思想に屈するのと同じだ」

それは違うよ、と物語の奴隷は否定する。

「私は、自分を物語の中に閉じ込めて自殺するわけじゃない。私は創作者になったから、くだらないあれこれの外側にいるんだよ。自分の才能に見切りをつけて、自分のスイッチを切るだけなのさ」

そんなの、不細工なレトリックだ。

響はカップに毒液を注ぐ。葉は彼女の手元を睨んだ。ペットボトルには半分以上液体が残っているため、カップを叩《たた》き落《お》としても、ペットボトルを飲み干されてしまいそうだ。

「あー、そうだ葉君、今この状況も含めて、今回の全部を小説にしたらどう？　それはそれで、ちょっとした物語になるんじゃない？」

葉はテーブルと、その上の未発表作品集と、周囲の白と黄緑と、その中に溶けてしまいそうなリナちゃんを見た。

「まだ、残っていたらどうする？」

「はい？」

「たとえば、桜倉の作品が、まだ残っていたらどうする。リナちゃんの大好きな、桜倉の作品が」

「はー、見え見えのウソ」失望したように響は頭を振る。

「今回の未発表作品集で、桜倉の全集はきれいに完結したじゃない。そんな遺稿があったら、葉君が提供しないわけないでしょー」

葉は自分のこめかみを指さした。

「新作が、俺の頭の中にあるとしたら？」

「は？」

「リナちゃん、姉さんが小説を書き始めたきっかけ、知ってる？　元々は、小さいころの俺の空想なんだ。俺さ、探偵ものの映画に憧れて、漢字も覚えてなかったのに、お話を作ろうとしたんだよ。当然、うまくいかなくて泣いてたら、桜倉が、代わりにストーリーを綴ってくれた。それが『少年探偵ユウ』の原型なんだ」

リビングで葉の隣に座り、桜倉は初めて編み上げた物語を読み聞かせてくれた。葉の骨組みを形作った思い出だ。

「それはあくまできっかけでしょ」

響が鼻で笑い飛ばす。「葉君が同じものを書けるわけじゃない」

「どうかな？　俺の空想が姉さんにインスピレーションを与えたとも言える」

葉は退《ひ》かない。

「それにさ、俺が組人さんたちの隠し事を暴こうとがんばってたの、自殺を減らしたいって理由だけじゃないんだよ。俺も探偵役を演じてみたかったんだ」

私と同じ？　と首を傾げるリナちゃんに、そうじゃない、と返す。

「なにごとも経験だろ？　姉さんは探偵ものを書いたけど、現実の中で謎を解いたりはしなかった。だから俺は、実体験からリアリティを手に入れたかった。名探偵のまねごとをしてさ、その感覚を、執筆に活《い》かすつもりだった。その目論見は、ある程度成功した……俺は桜倉から、ある程度自由になりつつある。だからこそ冷静に、姉さんの作品を再現できる。今の俺なら、パスティーシュのレベルに止まらない、雨宮桜倉より雨宮桜倉らしい作品だってものにできるかもしれないよ。リナちゃんが桜倉より素晴らしいと思ってくれる作品だって、いつかは」

指でこめかみをぐりぐりいじりながら、葉はカップを持ったままの響に問いかける。

「リナちゃん、いいの？　今死んじゃっても」

挑発を受けて立つように、響は眉の角度を変えた。

「それ、今考えた話かもしれない。私から毒薬を取り上げるためだけの、でまかせじゃないって証明できる？」

「証明できない。即席の嘘かもね」

葉はごまかさない。

「それでもこれが、リナちゃんを死なせないために用意した、俺の物語だ」

カップの薬剤に、瞳が揺れている。

「君、やっぱり私のこと、好きだったりして」

「違うと思う。リナちゃんは俺にとって愉快な知り合いのお姉さん。それ以上じゃないよ」

「そこは好きだって言えよなー」

豪快な笑顔が咲いた。

決断を待ちながら、少年は考える。

物語は結局、物語そのものでしかなく、万人を救うような力など宿っていないのだろう。

そうだとしても、自分の頭から生み出されたつくりごとが、別の物語になじめないどこかの誰かや、押し付けられた物語を拒否したい誰かにとって、前を向くためのきっかけになってくれたら嬉しい。

やがてリナちゃんは、盛大なため息をついて、少年に笑いかけた。

「ジンジャエールを一杯くださる？」

※本作に登場する薬剤『カクテル』は架空のものである。
※この物語はフィクションです。実在するいかなる個人、団体、場所等とも一切関係ありません。

本書は二〇二二年三月、小社より単行本として刊行されました。

|著者|潮谷 験　1978年京都府生まれ。2021年『スイッチ 悪意の実験』で第63回メフィスト賞を受賞しデビュー。その他の著作に『時空犯』『あらゆる薔薇のために』がある。

エンドロール

潮谷《しおたに》 験《けん》

2023年4月14日第1刷発行

発行者——鈴木章一
発行所——株式会社 講談社
東京都文京区音羽2-12-21　〒112-8001
電話 出版 (03) 5395-3510
　　 販売 (03) 5395-5817
　　 業務 (03) 5395-3615

Printed in Japan

講談社文庫
定価はカバーに表示してあります

KODANSHA

デザイン—菊地信義
本文データ制作—講談社デジタル製作
印刷———株式会社KPSプロダクツ
製本———株式会社国宝社

ISBN978-4-06-531487-6

講談社文庫刊行の辞

二十一世紀の到来を目睫に望みながら、われわれはいま、人類史上かつて例を見ない巨大な転換期をむかえようとしている。

世界も、日本も、激動の予兆に対する期待とおののきを内に蔵して、未知の時代に歩み入ろうとしている。このときにあたり、創業の人野間清治の「ナショナル・エデュケイター」への志を現代に甦らせようと意図して、われわれはここに古今の文芸作品はいうまでもなく、ひろく人文・社会・自然の諸科学から東西の名著を網羅する、新しい綜合文庫の発刊を決意した。

激動の転換期はまた断絶の時代である。われわれは戦後二十五年間の出版文化のありかたへの深い反省をこめて、この断絶の時代にあえて人間的な持続を求めようとする。いたずらに浮薄な商業主義のあだ花を追い求めることなく、長期にわたって良書に生命をあたえようとつとめるところにしか、今後の出版文化の真の繁栄はあり得ないと信じるからである。

同時にわれわれはこの綜合文庫の刊行を通じて、人文・社会・自然の諸科学が、結局人間の学にほかならないことを立証しようと願っている。かつて知識とは、「汝自身を知る」ことにつきていた。現代社会の瑣末な情報の氾濫のなかから、力強い知識の源泉を掘り起し、技術文明のただなかに、生きた人間の姿を復活させること。それこそわれわれの切なる希求である。

われわれは権威に盲従せず、俗流に媚びることなく、渾然一体となって日本の「草の根」をかたちづくる若く新しい世代の人々に、心をこめてこの新しい綜合文庫をおくり届けたい。それは知識の泉であるとともに感受性のふるさとであり、もっとも有機的に組織され、社会に開かれた万人のための大学をめざしている。大方の支援と協力を衷心より切望してやまない。

一九七一年七月

野間省一